Gekleed te water

Tineke Beishuizen

Gekleed te water

Roman

UITGEVERIJ DE ARBEIDERSPERS
AMSTERDAM · ANTWERPEN

Het citaat van Fernando Pessoa op p. 7 komt uit het gedicht 'Sigarenwinkel' (*Gedichten*, vertaling August Willemsen, Amsterdam 1978).

Omslagontwerp: Riesenkind
Foto omslag: © Brooke Fasani/Corbis

ISBN 978 90 295 7288 0/NUR 301

www.arbeiderspers.nl

Voor Jan
altijd de eerste en meest kritische lezer.

Ik ben geworden wat ik niet kon zijn,
En wat ik zijn kon ben ik niet geworden.

Fernando Pessoa

Ik lig op mijn linkerzij.

Mijn rechterhand om mijn linkerborst, die zich naar de holte van mijn hand voegt, warm en zacht, als een klein dier waarvan ik het hart hoor kloppen in mijn vingertoppen.

Ik denkt niet aan iets speciaals, terwijl de uren van de nacht voorbijglijden. En als er al een emotie speelt, dan is het verbijstering, omdat de dokters zeiden dat het er goed uitzag en ik het geloofde, twee jaar geleden, nadat ze mijn rechterborst met hun scalpels onherstelbaar beschadigd hadden.

Het ernstige gezicht van de radioloog, na de laatste controle.

Tumoren. Uitzaaiingen.

En het misverstand, omdat ik dacht dat het teruggekomen was in de borst waarin eerder gesneden was.

Maar het was de andere, de onaangetaste, die als ik mijzelf van opzij in de badkamerspiegel bekeek de illusie wekte van een gaaf lichaam.

Hoe kun je jezelf troosten als je bezig bent afscheid te nemen van een lichaamsdeel waarmee je bent opgegroeid? Dat gestreeld is door de vingers van minnaars, besabbeld door je kind, gebruikt als erotisch lokmiddel, weggeduwd richting oksel als er geen plaats voor was in te nauwe lijfjes, omhooggeduwd door pushupbeha's, getoond en verstopt naargelang de omstandigheden.

En dan nu de laatste nacht samen.

Het voelt als verraad.

Ik weet dat sommige vrouwen het ervaren alsof ze door hun borst verraden zijn, die het woekeren van cellen heeft toegestaan. Andere vrouwen voelen het tegenovergestelde: ze hebben hun borst niet kunnen beschermen tegen de indringers, de vrije radicalen, die hun slag hebben geslagen zonder dat zij het tijdig merkten.

Maar zelf zie ik het vooral als verraad van de medische wetenschap. Om de paar jaar zijn mijn borsten geplet tussen de glazen platen van de mammascan. Met tegenzin heb ik om de vier weken mijn borsten gecontroleerd, het boekje met getekende aanwijzingen voor mij. En wat ben ik er uiteindelijk mee opgeschoten.

Eerst mijn rechterborst gehavend, en op een moment dat ik er totaal niet op verdacht was de mededeling dat nu mijn andere borst eraan moet geloven.

Een lichaam dat twee keer faalt is niet meer te vertrouwen, geen mens die mij dat uit mijn hoofd kan praten.

Morgenochtend zal ik mijn borst voor het laatst wassen, droogdeppen en in de beha met het groene kant stoppen.

Niet omdat de gelegenheid daartoe noodt, maar omdat het de laatste keer is dat ik mijn favoriete behatje aan zal trekken.

Ik zal mijn reistas op de achterbank zetten en naar het ziekenhuis rijden, alleen – mijn hoofd staat er niet naar mijn dierbaren te troosten, ik heb nu even alle aandacht voor mijzelf nodig.

Het zal voelen als die keer dat wij met Diana, mijn golden retriever, naar de kliniek reden, waar de dierenarts haar zou laten inslapen omdat haar ziekte te vergevorderd was en ze de energie niet meer had om overeind te komen, te moe om haar plas nog op te houden.

Huib achter het stuur, ik huilend op de achterbank, de hond naast mij, haar kop vol vertrouwen op mijn schoot.

Geen idee had ze van de bestemming van dit ritje, waarvan ze nooit meer terug zou keren. Tot het allerlaatste moment, het rustig inslapen na de eerste injectie, heeft ze niets vermoed.

Mijn arm begint te slapen, maar ik blijf in dezelfde houding liggen, wachtend tot het tijd is om op te staan.

Deze keer was ik bekend met het traject, je zou het een herhalingsoefening kunnen noemen. Ik heb het immers allemaal al eens meegemaakt, de onderzoekjes, hartfilmpjes, longfoto's, het gesprek met de anesthesist, de hele santekraam die aan een operatie voorafgaat.

Ik ben heen en weer gereden naar het ziekenhuis alsof het mijn dagelijkse werk was, en zag het als generale repetitie voor de grote uitvoering in de operatieruimte die ik als gevolg van narcose niet bewust zou meemaken.

'Hoe kun je zo kalm zijn,' heeft mijn dochter gezegd. Het klonk als een verwijt, maar als het waar is dat ik mensen uitschakel door hun de kans te ontnemen mij troostend toe te spreken, is het een gevolg, niet een doel op zich.

Nu weet Gees niet wat ze met mij aan moet. Als er tranen vergoten worden zijn het de hare, als er getroost moet worden is het door mij.

Maar ik kan het niet helpen dat ik, nu de kanker opnieuw zijn klauwen naar me uitgestrekt heeft, nauwelijks emotioneel reageer.

Ik kan geen emotie veinzen waar geen emotie is.

Ook Tess begrijpt het niet. Mijn beste vriendin, die zoveel van mij weet, kijkt naar mij met gefronste wenkbrauwen als ik me niet in de luren laat leggen door haar verhalen vol van hoop en optimisme.

'Het is mijn kanker, mag ik daar alsjeblieft aan ontlenen wat ik zelf wil,' heb ik gezegd toen ze weer eens aan kwam zetten met een tijdschriftenartikel waarin vrouwen vertellen over de toegenomen waarde van hun leven sinds er met succes gezwellen bij hen verwijderd zijn.

Waarom blijven mensen toch denken dat je ook maar iets positiefs kunt ontlenen aan de ellende die anderen overkomt?

Ik ben niet cynisch, al vinden Gees en Tess van wel.

Ik weet dat ik hen teleurstel door alles wat ze aan steun en medeleven aandragen langs me heen te laten glijden.

Maar het is mijn ziekte, en ik wil niet afgeleid worden terwijl ik er conclusies uit trek. Zoals ik ook met mijn eigen gedachten bezig wil zijn als ik straks naar het ziekenhuis rij.

Na de operatie kunnen ze aan mijn bed zitten zo lang en zo vaak als ze willen, graag zelfs, want ik hou van ze en ik heb ze graag om mij heen.

Niets in huis is meer zoals ik het me herinner.

De meubels staan nog precies zoals ik ze heb achtergelaten, maar het is alsof het steriele wit van het ziekenhuis mijn gevoel voor kleuren heeft aangetast.

Ze lijken feller dan toen ik vier dagen geleden de deur uit stapte, mijn tweede borstoperatie tegemoet.

Heb ik het dieprode velours van de bank in de zitkamer werkelijk mooi gevonden? De cretonnen gordijnen met de naar roze neigende bloemen?

In het vorige huis was het behang erbij aangepast, op het eerste gezicht leek het pakpapier, totdat je merkte dat het subtiel met het licht meekleurde, van goudbruin tot zacht violet.

'Gedurfd', dat was het woord dat vrienden gebruikten als ze op bezoek kwamen en de opnieuw ingerichte zitkamer voor het eerst zagen.

'Goh Marg, jij durft!'

Ik heb er dan ook lang over gedaan om het allemaal bij elkaar te zoeken. Hele dagen ben ik op stap geweest, opgewonden als een kind dat zich op verjaarscadeautjes verheugt.

Huib vond het best, hij toonde nauwelijks belangstelling; alles wat mijn aandacht van hem afleidde was welkom, maar dat begreep ik later pas, toen ook de reden voor die houding duidelijk werd.

Tess was er wel vaak bij als er belangrijke beslissingen moesten worden genomen over kleuren en materialen.

Dochter van rijke ouders, die haar na het eindexamen als beloning een jaartje Spaans lieten doen in Barcelona, waar ze als een blok viel voor een man die claimde toreador geweest te zijn en als bewijs zijn manke been aanvoerde, overgehouden aan een onfortuinlijk verlopen close encounter met de stier die hij had moeten overwinnen.

'In Pamplona,' had hij er volgens Tess veelbetekenend bij gezegd, hoewel haar de meerwaarde van die mededeling was ontgaan.

Ze was driekwart jaar aan hem blijven hangen, een vurige relatie, die bekoelde toen het tot Tess doordrong dat hij haar wel erg veel geld kostte. Terug in Nederland bleek haar enige ambitie het zo plezierig mogelijk doorbrengen van haar leven, al liet ze haar ouders nog geruime tijd in de waan dat ze serieus met een studie Spaans bezig was.

Anton kwam op het juiste moment.

Tess was een beetje verveeld geraakt, bovendien begonnen haar ouders pijnlijke vragen te stellen over de afstudeerplannen van hun dochter. In plaats van bekennen dat ze allang als student uitgeschreven was, kwam ze aanzetten met een vijf jaar oudere man die weliswaar niet uit hun kringen kwam, maar door zijn opleiding acceptabel genoeg werd gevonden. Een man die zijn toekomst in rechte lijnen had uitgestippeld, als junior assistent-accountant in loondienst bij Deloitte werkte en een open oog had voor de mogelijkheden die een verbintenis met Tess bood. Ze was zijn entree in een wereld waarvan hij niet had durven dromen in het benauwde rijtjeshuis waarin hij opgegroeid was.

Voor zijn ouders was de trouwdag van hun zoon een kwelling die ze verkrampt doorstonden.

In huizen zoals dat van de ouders van Tess kwam zijn moeder hooguit om te poetsen en zijn vader om een lekke waterleiding te repareren. Ik had medelijden met ze. Zelf voelde ik mij nauwelijks op mijn gemak, maar ik viel niet uit de toon en dat kon je van die twee niet zeggen. Het was tenenkrommend om te zien hoe de familie haar best deed niet neer te kijken op de sociaal lagere klasse.

Het moet Anton niet ontgaan zijn, maar er was niets wat hij eraan kon doen. Na zijn huwelijk werden zijn ouders geruisloos naar de achtergrond van zijn sociale leven geschoven en ik denk dat ze dat wel zo rustig vonden. Tess heb ik er nooit over gehoord, ik denk dat ze het vanzelfsprekend vond.

Mij zat het dwars. Ouders die kromgelegen hebben voor de toekomst van hun zoon verdienen een betere behandeling.

Ik heb er nooit aan getwijfeld dat Anton en Tess in die tijd verliefd waren. Twee aantrekkelijke mensen, van wie de een verwend en de ander ambitieus was. Maar waar Tess nonchalant met haar bevoorrechte positie omging, was Anton bijna geobsedeerd bezig zijn schoonouders te bewijzen dat hij hun dochter waardig was.

Van dichtbij heb ik meegemaakt hoe hij zijn eigen accountantsbureau begon, eerst met alleen een secretaresse en een assistent, maar binnen een paar jaar met een team medewerkers.

Over de financiële achtergrond van die ontwikkeling liet Tess zich niet uit, maar ik had daar zo mijn gedachten over. Zoals ik ook mijn gedachten over de persoon Anton heb, iets waar ík me weer niet over uitlaat.

Hij is ongetwijfeld goed in zijn vak, maakt de lange dagen die onvermijdelijk zijn als je eigen baas bent, maar ik weet zeker dat hij, als het zo uitkomt, royaal gebruikmaakt van de schatkist die Tess inbracht toen ze trouwden.

De dood van haar vader heeft haar vermogend gemaakt.

Haar moeder, die na de verkoop van de riante villa haar laatste jaren doorbracht in een luxueus appartement aan de rand van de stad, met een weids uitzicht waarin steeds meer buitenwijken oprezen, liet haar vermoedelijk ook het nodige na.

Zeker weet ik het niet, de vertrouwelijkheid tussen Tess en mij staat het bespreken van onze orgasmes toe maar op geldzaken rust een taboe.

Mijn vage afkeer voor Anton werd er niet beter op tijdens een feest in hun parkachtige tuin.

Van zo'n typische CDA-normen-en-waardenman verwacht je niet dat hij op een onbewaakt ogenblik zijn tong in je mond duwt.

Evengoed deed hij het.

Ik zette er tot mijn eigen verbazing kordaat mijn tanden in, eerder van schrik dan uit woede, de ijzerachtige smaak van lauw bloed was verrassend.

Hij vloekte, trok zijn tong terug, duwde zijn hand tegen zijn mond en keek mij van boven zijn bebloede vingers aan met pure haat in zijn ogen. In het licht van zo'n tuincentrumfakkel zag ik bloed langs zijn kin op de kraag van zijn overhemd druppen.

Geen idee hoe hij dat probleem heeft opgelost; in zijn plaats zou ik mij onopvallend verkleed en het overhemd weggegooid hebben, en omdat ik er Tess nooit over heb gehoord, zal hij zoiets wel gedaan hebben.

Veel verschil in onze verhouding heeft het voorval trouwens niet gemaakt: er was al nooit sprake van een warme vriendschap tussen mij en de man van mijn beste vriendin.

Hoe dan ook, in de periode dat ik druk was met de restyling van ons huis, was Tess altijd beschikbaar en bereid om mee op pad te gaan.

Na een uitputtend bezoek aan een zaak vol designmeubelen gingen we tevreden een salade eten in het café met de krakende brede vloerdelen en werkstudenten met bordeauxrode sloven voor geknoopt.

Caffè macchiato en later, toen dat in de mode raakte, prosecco.

Het gaf een goed gevoel om mee te gaan in de hypes van het moment, vooral als ze lekker smaakten.

En maar praten.

Het heeft Huib altijd verbijsterd dat Tess en ik nooit uitgepraat raakten. Na een lange middag samen waren wij nog geen uur later alweer in een druk telefoongesprek verwikkeld.

Dan was Tess op weg naar huis nog iets te binnen geschoten dat van belang was. Of ik was vergeten net dat ene te vertellen dat er heel veel toe deed.

Zo is het altijd geweest, vanaf dag één dat wij vriendinnen werden.

Op de basisschool was dat, meer jaren geleden dan ik mij wil herinneren.

Wij zijn eraan gewend om geen geheimen voor elkaar te hebben.

Nou ja, er zijn altijd hier en daar wel wat dingetjes die je achterhoudt, zelfs voor je beste vriendin, maar openhartig waren we, zeker als het om intieme zaken ging.

Huib voelde dat feilloos aan, en het was een van de redenen dat hij Tess zoveel mogelijk uit de weg ging.

Hij wist natuurlijk donders goed dat ze op de hoogte was van zijn probleem. Dat hij het gewoon niet meer voor elkaar kreeg. Niet met mij in elk geval.

Het was een langzaam proces, waarvoor hij heel lang aanvaardbare excuses bedacht.

Te moe. Problemen op de zaak. Ga jij maar vast slapen, ik moet nog een uurtje werken.

Totdat het te opvallend werd dat hij mij nooit meer aanraakte in bed. Nee, hij wist ook niet waarom. Ja, hij moest maar eens naar de dokter. De potentiemiddelen die ik via internet bestelde, weigerde hij te gebruiken. Je hebt tenslotte je trots, ook als je 'm niet meer omhoog krijgt.

Het is in die periode voor het eerst in mij opgekomen dat hij gewoon niet wilde. Geen zin meer? Uitgekeken op mij? Zo beroerd zag ik er toch niet uit.

Het was onbespreekbaar. Hij bleef volhouden dat er geen probleem was. Mannen van zijn leeftijd zijn nu eenmaal overbelast. De moordende concurrentie in het werk, met altijd de hete adem van een jongere generatie in je nek, een gezin met in ons geval één kind, en een druk sociaal leven. Dan dank je God als je eindelijk je bed in kunt duiken en slaap je liever dan dat je dáár ook nog eens actief bent.

Zulke dingen gaan vanzelf over, zei hij, als je er maar niet te veel aandacht aan besteedt.

Zo werd de verantwoordelijkheid bij mij gelegd.

Mijn schuld als het weer eens niet lukte, had ik er maar niet opnieuw over moeten beginnen.

Ik voelde mij vernederd en beledigd, vooral omdat ons seksleven nooit spetterend was geweest. We waren meer vriendjes dan minnaars, de gemiddelde drie keer per week haalden we bij lange na niet, maar we zaten er niet mee, en de keren dat we in elkaars armen terechtkwamen hadden we comfortabele seks, ik kan er geen ander woord voor bedenken.

Maar helemaal niet meer vrijen ging me te ver, en

ik heb er met Tess over gepraat omdat die altijd met praktische oplossingen komt.

Maar de pikante lingerie die ze mij aanraadde, en waarin ik mij eerder verkleed dan sexy voelde, want ik heb het nu eenmaal niet op ondergoed met openingen op plekken waar ik juist wel graag wat textiel voel, had geen enkel resultaat.

Uiteindelijk hebben wij zelfs geen aanstalten meer gemaakt om te vrijen, iets wat op een bepaalde manier een opluchting was.

Waarom aan iets beginnen wat toch niet afgemaakt zal worden.

Hij begon over een time-out op een vrijdagavond, toen de damp van een visschotel zich onder de lamp verzamelde, en ik wist meteen waar hij op uit was. Zonder scènes de deur uit en vervolgens op veilige afstand de klap toedienen.

'Een tijdje tot rust komen,' noemde hij het.

'Het is hier anders rustig genoeg,' zei ik, de opscheplepel halverwege de schaal en mijn bord.

'Ik kan er niet meer tegen.'

Ik bespeurde wanhoop in zijn stem, zonder het te begrijpen, en keek verbaasd naar zijn tranen.

Hij bleek het al geregeld te hebben. Een kamer in het huis van een collega, in afwachting van een flat waarop hij had ingetekend.

En dan over zes maanden een evaluatie, om te zien of er nog mogelijkheden waren voor ons samen.

'Eens de deur uit, altijd de deur uit,' zei ik.

Wilde ik dan niet weten wáár hij niet meer tegen kon?

'Geen enkele behoefte aan,' zei ik.

Later heb ik over mijn reactie nagedacht.

Het was niet niets wat er aan onze eettafel gebeurde, die laatste avond van een huwelijk dat allang geen huwelijk meer was.

Maar een kille, rationele reactie, zoals hij het noemde terwijl hij in de deuropening stond en de tocht vanuit de gang langs mijn benen streek, was niet zoals ik het zelf had ervaren.

Mijn woorden waren niet meer dan de luid uitgesproken slotsom van een snelle maar logische redenering geweest.

De man met wie ik getrouwd was, wilde weg.

En wie weg wil moet weggaan, wat valt daar nog over te zeggen.

Dat het hem bij mannen wel lukte, hoorde ik toen hij al een tijdje de deur uit was.

Een paar weken eerder was Barber in mijn leven gekomen, een pup met pikzwarte nestharen waar pas later het goudbruin van zijn terriërvacht doorheen zou groeien. Barber, die in een bench aan het voeteneinde van mijn bed sliep en mij voor dag en dauw wekte met aandoenlijke geluidjes, zodat ik glimlachend wakker werd en met het slaapwarme dier tegen mij aan gedrukt naar de achtertuin ging, waar hij z'n eerste ochtendplasje deed.

Hij hield van mij met de onvoorwaardelijke liefde

waartoe alleen dieren in staat zijn, en ik genoot ervan omdat ik op dat gebied weinig gewend ben.

Voor hem was ik geen in de steek gelaten vrouw, maar Het Vrouwtje, dat hij zo enthousiast kwispelend begroette dat hij er bijna van omrolde.

Natuurlijk miste ik Huib. Er was een vertrouwdheid tussen ons geweest die goed voelde. Mijn eerste vriendje, mijn eerste minnaar, de vader van mijn kind, het gaf een ontheemd gevoel dat hij ineens geen noemenswaardige rol meer speelde in mijn leven.

Dat een aandoenlijke pup de leegte die Huib achterliet al vrij snel begon te vullen verbaasde mij.

Ook Geeske leek niet erg aangeslagen door het vertrek van haar vader. Ze maakten afspraken om samen te eten en gingen regelmatig naar het Filmhuis. Dan kwam hij haar thuis ophalen en dronk voor ze vertrokken een glas wijn met mij. Waarna ik ze uitzwaaide, onwennig met de nieuwe situatie maar blij dat er in elk geval nog een normaal contact mogelijk was. Uit elkaar gaan zonder vijandige gevoelens heeft absoluut alleen maar pluspunten.

Het leven was een stuk simpeler met alleen Geeske en Barber om mij heen. Vrolijker ook. Het vooruitzicht te moeten verhuizen naar een kleiner huis was de enige schaduw. Het huis waaraan ik zo gehecht was moest verkocht worden, de opbrengst gedeeld en van mijn deel zou ik ergens anders onderdak moeten vinden. Maar Huib had gezegd dat het geen haast had. Waar het financiën betreft is hij altijd een makkelijk mens geweest.

Het nieuwe inzicht in Huibs liefdesleven verheugde mij eerder dan dat ik er geschokt door was.

In één klap was de legpuzzel compleet, en ik voelde me vrijgepleit van welk aandeel ook in het opbreken van onze relatie.

Je kunt de minnaar van je man moeilijk als concurrent beschouwen. Als vrouw kun je doodeenvoudig niet winnen in zo'n situatie, en dat maakte het een stuk aanvaardbaarder dan wanneer hij opgestapt zou zijn met een vijftien jaar jongere dame die moeiteloos een paar kinderen voor hem gebaard zou hebben.

Op een bepaalde manier was ik zelfs dankbaar, omdat het gezichtsverlies geheel en al aan zijn kant zat.

Maar dat ik royaal 'Kom eens langs met hem' tegen Huib zei was een demonstratie van ruimdenkendheid die ik niet werkelijk meende.

Maar hij deed het.

Stond op een zondag aan het einde van de middag onaangekondigd voor de deur met een aardige man naast zich die Luc heette en op wie helaas niets aan te merken leek. Prettige stem, leuke oogopslag, mooie handen met lange slanke vingers. Grafisch ontwerper.

Barber kronkelde zich met een weerzinwekkend enthousiasme om zijn benen, werd terloops geaaid en verder genegeerd, wat zijn uitingen van aanhankelijkheid alleen maar versterkte.

Ik kon het niet aanzien, lokte mijn hond naar de keuken en deed de deur dicht.

Toen ik weer in de kamer kwam, stond Luc bij de boekenkast met de lege plekken waar Huibs boeken

hadden gestaan, in zijn handen een paar boeken waarvan hij het omslag had ontworpen.

Ik begreep dat er een reactie van mij werd verwacht, en terwijl ik zijn werk prees, origineel, gedurfd
en toch herkenbaar in z'n aantrekkelijkheid, woorden
die ik met moeite mijn strot uit kreeg, keek hij langs
me heen naar Huib, naast wie hij ging zitten toen ik
nog maar nauwelijks was uitgesproken.

Het was even wennen, die twee mannen, gekleed
als een eeneiige tweeling met hun dure zwarte colbert
en verschoten jeans, op het diepe rood van de bank.
Zo duidelijk verliefd.

'Verbeeld je maar niks,' had ik tegen Luc kunnen
zeggen.

Toen die bank nog saffraangeel was zaten wij elkaar
ook zo aan te kijken. Je moest eens weten hoe vaak we
er een wip op gemaakt hebben!

Maar ik hield me in en deed glimlachend mee aan
een gesprek dat mij totaal niet interesseerde.

'Goh, een appartement in de Johannes Vermeer-
straat, wat een bof, zo'n leuke buurt en handig ook, zo
dicht bij het Concertgebouw en Keizer.'

'Ja, sorry Marg, maar die provinciestadjes hoeven
van mij niet meer, ik kreeg het hier steeds benauwder.'

Ik zou het mijzelf vergeven hebben als ik op dat
moment weer een sigaret had opgestoken, zo makkelijk was de situatie tenslotte niet, maar ik kon mij er
nog net van weerhouden.

Huib stond op om drankjes in te schenken, hij had
hier tenslotte zeventien jaar gewoond, en ik maakte

er een grapje over dat niet goed viel. Terwijl ik er toch echt niets kwaad mee bedoelde toen ik tegen Luc zei dat Huib altijd al iets vrouwelijk zorgzaams had gehad.

Er viel een stilte terwijl ik vragend van de ene man naar de andere keek en Huib mij de blik toewierp die ik maar al te goed kende als ingehouden woede over iets stoms van mijn kant.

Het gaf een onverwacht gevoel van vrijheid.

Hij kon zo pissig kijken als hij wilde, maar ik hoefde mij daar nooit meer iets van aan te trekken.

En ik heb geglimlacht, mijn benen over elkaar geslagen, het glaasje rood losjes tussen mijn vingers want in provinciestadjes heb je heus ook vrouwen van de wereld, en ik heb overlopend van sympathie geïnformeerd waar ze elkaar ontmoet hadden.

Op zo'n parkeerplaats misschien, waar ik weleens langskom op weg naar huis en waar de rij lege auto's mijn verbeelding prikkelt?

Huib zette zijn glas met zo'n smak op het bijzettafeltje dat de wijn over de rand klotste terwijl Luc me aanstaarde met een verbaasde uitdrukking op zijn gezicht.

'Bitch!' snauwde Huib.

Ik heb mijn schouders opgehaald en ben naar de keuken gelopen om een doekje te halen voordat de wijn een onherstelbare plek zou maken op het tafeltje, terwijl de voordeur met zo'n knal dichtgegooid werd dat het theeservies op de keukentafel ervan trilde.

'Wat heb je tegen pappa gezegd dat hij zo woest op je is?' vroeg Geeske een paar weken later.

'Niets bijzonders, schat. Trek het je niet aan, het heeft niets te maken met wat pappa voor jou voelt. Hij houdt van jou, dat weet je toch. Bijna net zoveel als van zijn nieuwe vriend.'

Ik wen sneller aan de kleuren om mij heen dan ik had verwacht, maar met het huis heb ik het moeilijker. Na bijna zeven maanden ben ik nog steeds niet gewend aan het formaat.

Vijf stappen van het ijzeren hekje, dat erbarmelijk knarst zodra het wordt aangeraakt, naar de fantasieloze voordeur met een ruitje van minimale afmetingen op ooghoogte, waarachter een ruimte van anderhalf bij anderhalf die van de makelaar de weidse naam 'vestibule' kreeg. Vooral niet te veel jassen ophangen aan de toch al minimale kapstok, want dan komt de deur naar de gang klem te zitten.

Aan het einde van het gangetje de keuken, met een glazen deur die toegang geeft tot een minimaal tuintje met een hekje dat je door moet om op een smal pad tussen achtertuintjes met eenvormige fietsenschuurtjes te komen.

Rechts in de gang twee deuren. Naar de voorkamer, uitzicht op de straat met aan weerszijden een strip gras met hazelaars, en naar de achterkamer, waar de vorige bewoners een schuifpui hebben aangebracht waarmee ze het laatste detail van het jarendertighuis om zeep hebben geholpen.

Smalle trap naar boven. Twee slaapkamers, een ruimte die ik als berghok gebruik, een badkamer en een vlizotrap naar wat royaal 'zolder' werd genoemd, maar waar je hooguit drie onderbroeken aan een waslijn kunt hangen, als je er tenminste ook nog je koffers wilt stallen.

De straat is keurig, de buurt is keurig, ik heb tot nu toe niets gemerkt van burenruzies en dat is maar goed ook, want als je rechtop in het midden van je tuintje staat, kun je zien wat ze drie huizen verder in hun glas hebben geschonken.

Contact is onvermijdelijk wil je niet voor arrogant versleten worden; op mooie dagen heb ik een stijve nek van het links en rechts en vaak over tuintjes heen begroeten van naaste en verdere buren.

Ik ontmoet ongecompliceerde hartelijkheid, heb al een paar keer gegrilde kippenboutjes aangereikt gekregen over de heg, en door mijn ommetjes met Barber in het parkje leer ik andere hondenbezitters kennen.

Ongelukkig ben ik hier niet, maar het hartzeer blijft om een huis dat ik gedwongen was te verlaten en een tuin waarvan de plattegrond zich niet uit mijn hoofd laat verjagen, met een vijvertje met drie roze waterlelies, een camelia die elk voorjaar opnieuw volstaat met wasachtige bloemen, een meidoorn die hartverscheurend is in zijn rode pracht, hortensia's en rododendrons die overweldigend bloeien en talloze vazen in mijn huis vulden, en rozen in alle maten, soorten en kleuren.

Huib heeft er een paar voor mij uitgegraven en in

mijn nieuwe tuintje geplant, de vogels laat ik drinken uit een bak met twee stenen musjes op de rand, een cadeau van Geeske toen ik verhuisde, maar van de bloembakken van mijn vorige terras moest ik de helft achterlaten, daar was geen plek voor als ik tenminste een tafeltje met twee tuinstoelen wilde plaatsen.

'Nu woon je zoals de meeste mensen,' zei Tess, nadat ze zwijgend de situatie in en om het huis in zich had opgenomen. 'In je vorige huis hoorde je tot de uitzonderingen. Nu niet meer, maar het scheelt je in elk geval een werkster, de buurtsuper is hier om de hoek en bij die Turkse groenteboer aan de overkant word je vaste klant want die zijn heel kieskeurig met eten, die hebben altijd goeie spullen.'

Bemoedigende woorden, absoluut, en als ik terugkijk was de periode waarin ik mijn oude huis verliet zo slecht nog niet, want ik voelde mij een genezen kankerpatiënte die haar toekomst heeft teruggekregen en alleen nog even moet wennen aan een kleiner onderkomen.

Maar het leven heeft zo zijn verrassingen.

Aan het huis ben ik nog steeds niet gewend en de kanker is terug. Als dat niet ironisch is!

Tijdens de paar dagen dat ik in het ziekenhuis was, zijn er nog meer voorjaarsbloemen in mijn tuintje gaan bloeien, met een uitbundigheid van kleur en vorm die niet past bij carcinomen en borstamputaties maar wel duidelijk maakt dat het de natuur volstrekt koud laat wat er met mensen gebeurt.

Door het glas van de schuifpui valt een bundel zonlicht de kamer binnen waarin miljoenen stofdeeltjes dwarrelen. Ik zou mijn naam kunnen schrijven op de eettafel en het glanzende mahoniehout van de antieke secretaire die van mijn schoonouders is geweest en die Huib achter heeft gelaten. Het ziet eruit alsof ik in geen weken met een stofdoek heb rondgelopen.

In werkelijkheid heb ik het huis de dag voor de operatie nog een goede beurt gegeven. Nu ik alleen mijn rechterarm kan gebruiken – pech voor iemand die linkshandig is – zal het er voorlopig niet van komen. Ik zal moeten wennen aan toenemend verval om me heen.

Misschien had ik iets met Thuiszorg moeten regelen, of voor de komende weken hulp moeten inhuren. Er zijn genoeg vrouwen in deze straat die dagelijks op dezelfde tijd op de fiets stappen om elders te gaan poetsen. Zwart natuurlijk. Zoals hun mannen het nodige bijverdienen als ze op zaterdagochtend in hun werkmanskloffie ergens een klus gaan klaren.

Maar ik heb nu eenmaal een hekel aan vreemde mensen in mijn huis. De korte periode in mijn huwelijk dat er een hulp over de vloer kwam – Gees was een peuter, ik rende heen en weer tussen mijn huis, de crèche en mijn werk, en had geen zin om ook nog eens het huis op orde te houden – heb ik mij wezenloos geergerd. Bij haar thuis kon kennelijk alles met een nat lapje afgenomen worden, dus die methode liet ze ook los op het gepolitoerde hout van de antieke dekenkist, die na haar behandelingen onherstelbaar uitgebeten plekken vertoonde. Van een zilveren kandelaar krabde ze het kaarsvet met een aardappelmesje en terwijl zij neuriënd met de stofzuiger tegen stoelpoten bonkte, steeg mijn stressmeter tot ongekende hoogte.

'Mevrouw waardeert me niet,' zei ze tegen Huib, toen ze hem vertelde dat ze niet meer terug zou komen.

Het moet voor ons allebei een even grote opluchting zijn geweest.

De dekenkist hebben we verkocht op mijn aandringen. Aan iets wat bedorven is kan ik geen vreugde meer beleven.

Het is verbijsterend hoe bijna terloops de overgang is van gezond mens naar kankerpatiënt. De ene dag zit je opgewekt pratend met een paar buurvrouwen in zo'n busje waar je borsten geplet worden tussen glazen platen, en een paar dagen later staat de huisarts op de stoep om te vertellen dat de foto's die van je borsten zijn gemaakt aanleiding geven tot nader onderzoek.

Het was de week die op de eerste onderzoeken volgde die mij sloopte. De week waarin ik wachtte op de uitslag.

Het ene moment was ik ervan overtuigd dat het wel mee zou vallen, het volgende worstelde ik met de vraag of ik gecremeerd of begraven wilde worden. Nooit eerder heb ik mij zo totaal verlaten, zo geïsoleerd gevoeld.

Ik ging naar mijn werk, notuleerde vergaderingen en dronk koffie met collega's die niets aan mij merkten. Wat de vraag opwierp of ik zo goed kon toneelspelen of dat zij zo weinig opmerkzaam waren.

Geeske was dag en nacht met haar eindexamen bezig en had nergens anders aandacht voor. Huib kwam zeuren over een antiek kastje en ik gaf het hem mee zonder er zelfs een discussie over aan te gaan.

En de hele tijd was ik mij bewust van iedere minuut die voorbijkroop.

De dag dat ik de uitslag van het onderzoek zou krijgen verstreek zonder dat ik gebeld werd, en daar had ik nou werkelijk niet op gerekend.

Ik was niet assertief waar het de medische stand betrof, en het was een gigantische zelfoverwinning om het ziekenhuis te bellen.

Maar ik deed het, en kreeg onverwacht snel dokter Bosman aan de telefoon.

De uitslag was er nog niet, zei hij. En nu zat het paasweekend er ook nog tussen. Het speet hem. Maar hij wilde mij toch alvast op het ergste voorbereiden.

Ik moet het hem nageven, een mooiprater kon je hem niet noemen. Ik kreeg het recht voor mijn raap.

'Er zijn vrouwen tegen wie ik zeg "We vermoeden dat het kwaadaardig is" en vrouwen tegen wie ik moet zeggen "Reken er maar op dat het kwaadaardig is". Ik vrees dat u tot de laatste categorie behoort.'

Het paasweekend stond voor mij in het teken van de vraag hoelang ik nog te leven had.

Pas op het laatste moment heb ik aan Geeske en Tess verteld dat ik de dag na Pasen naar het ziekenhuis zou gaan voor de uitslag van een belangrijk onderzoek.

Omdat ik geen zin had het verhaal twee keer te vertellen had ik Tess uitgenodigd om die zondag iets te komen drinken, en ik vroeg aan Gees of ze erbij wilde komen vanwege de gezelligheid.

We hadden een prachtige voorjaarsdag achter de rug en nog steeds gaf de zon veel warmte, zodat we met de tuindeuren open om de eettafel zaten, thee op het lichtje en witte wijn in een koelmanchet die op een klein uitgevallen reddingsboei leek.

Sinds mijn gesprek met Bosman leken mijn zintuigen verscherpt.

Ik had het gevoel dat niets meer aan mijn aandacht ontsnapte.

Zonder dat het uitgesproken was, wist ik dat Gees vond dat ze haar tijd zat te verknoeien. Tess was met haar gedachten mijlen ver weg, en het waren zo te zien geen vrolijke gedachten.

Het gesprek was doodgevallen.

Een zachtgele vlinder aarzelde bij de open tuindeuren en fladderde weer weg. Er was een bij in de kamer die zoemde als ik niet keek en zweeg als ik hem met mijn ogen zocht.

Ik wist waarom ik aarzelde.

Er was iets veranderd in mijn lijf en daardoor in mijn leven, en straks, na mijn mededeling, zou alles voorgoed anders zijn. Nooit zouden mijn dochter en mijn vriendin meer onbevangen naar mij kijken.

Ik haalde diep adem en vertelde het zo zakelijk mogelijk, zonder inleiding, maar het woord 'borstkanker' bleek voldoende om ze op tilt te krijgen.

Ze keken van mijn ogen naar mijn sweater alsof ik daar een griezelig dier verborgen hield, wat nog niet eens zo ver bezijden de waarheid was.

'En als het fout is, mam....?'

'Lieverd, laten we nou niet bij voorbaat al in paniek raken.'

'Ik ga met je mee,' zeiden ze tegelijk.

Tess reed, en we maakten zowaar nog grapjes onderweg.

Ik had het luchthartige en nergens op gebaseerde gevoel dat het allemaal wel mee zou vallen.

Tenslotte voelde ik me goed. Nergens last van. En niemand kan mij wijsmaken dat je ten dode bent opgeschreven en je dan toch vol energie voelt.

Ik bracht mijn stemming op de anderen over en in de wachtkamer maakten we plannen om die avond bij de Chinees te gaan eten.

Maar toen Bosman binnenkwam leek het of er een zware deken over mij heen werd gelegd. Zo komt iemand niet op je af met goede berichten. Hij schudde terloops handen, zonder zijn blik van mij af te wenden, maakte een uitnodigend gebaar en ging mij voor naar zijn spreekkamer.

Ik vermeed het Tess en Geeske aan te kijken toen ik met hem meeliep.

'Het spijt me,' zei hij toen we tegenover elkaar zaten, zijn bureau met foto's van een vrouw en twee tienerdochters tussen ons in.

Ik vroeg mij af waarom de foto's niet zo stonden dat hij er zelf naar kon kijken. Wat moest een patiënt met die stralende zomergezichten, die gebruinde huiden en die dure zonnebrillen?

Of was het een vorm van bescherming tegen patiënten die verliefd worden op een man die over carcinomen praat met het gemak waarmee de doorsneemens een hamburger bij McDonald's bestelt?

'Het spijt me...' Ik wilde best aannemen dat hij het meende, en ik keek naar zijn gezicht terwijl hij over een borstbesparende operatie praatte.

Dus niet helemaal eraf, dacht ik.

Waar je al niet blij mee kunt zijn.

We huilden de hele weg naar huis.

Het had geen zin om te proberen flink te zijn. Telkens als ik mijn tranen wegveegde, begonnen ze weer te stromen door het hartverscheurende verdriet van Geeske.

Het was een voorproefje van wat mij te wachten stond, dat je van het verdriet van anderen meer hinder kunt hebben dan van je eigen verdriet.

Ik had haar niet mee moeten nemen, dacht ik. Maar verdomme, hier had ik gewoon niet op gerekend.

Thuis maakte ik een fles rode wijn open.

Voordat we dronken was er even een aarzeling: moesten we klinken? En zo ja, waarop.

Ik heb de knoop doorgehakt en mijn glas in één teug leeggedronken, en dat deden de anderen toen ook maar.

Dat waren mijn eerste persoonlijke ervaringen met kanker, en achteraf gezien viel het allemaal nog best mee, al was dat vooral te danken aan het naïeve ver-

trouwen dat ik toen nog had in de medische wetenschap.

Dat Bosman zei dat de vooruitzichten gunstig waren maakte de aantasting van mijn rechterborst aan-
vaardbaar. De tumor was verwijderd, er waren geen
uitzaaiingen, wel zou ik voor alle zekerheid een aantal
keren bestraald worden en dat was het dan.

Natuurlijk wist ik met mijn verstand verdomd goed
dat kanker terug kan komen, dat het bij legio vrouwen
ook inderdaad het geval is en dat een aantal van hen
het niet overleeft.

Maar ik heb dat weggeschoven, je moet wel een erg
pessimistisch mens zijn om te geloven dat jij niet tot
de happy few, de uitverkorenen, behoort.

Bovendien hoort het bij mijn manier van redene-
ren; de mensen om mij heen verwijten mij vaak rechtlijnigheid, dat 'goede vooruitzichten' in feite 'defini-
tief genezen' betekent, hoe duidelijk de statistieken
wat dat betreft ook met mij van mening verschillen.

Maar het kwam terug, ruim een jaar later, als een
getergd dier dat je tijdelijk in een hoek hebt kunnen
slaan maar dat zich nu met hernieuwde kracht en nog
meer kwaadaardigheid op je stort om wraak te nemen
op die eerste nederlaag.

En deze keer was ik een makkelijke prooi, omdat ik
geen enkele illusie meer koesterde.

Ik maak een beker koffie, neem terwijl ik naar de kamer loop een slok en vraag mij af of die nou zo lekker smaakt omdat ik weer thuis ben of omdat mijn koffie echt beter is dan die in het ziekenhuis. Ik drink de beker leeg op de bank, waarna ik mijn hoofd tegen de rugleuning leg en mijn ogen sluit.

Tess moest eens weten dat ik in mijn eentje thuis ben gekomen!

Ik heb het aan niemand verteld, zelfs aan Geeske niet, alleen al bij de gedachte aan een lief bedoeld welkomstcomité breekt het zweet mij uit.

Tess en Geeske, hun ogen strak op mijn gezicht gericht, krampachtig proberend niet te kijken naar de lege plek in mijn sweater, ik zie het voor me! Trouwens, zo leeg is die sweater nu ook weer niet.

De prothese met zachte watten erin, die ik in het ziekenhuis van Hilda, de mammacareverpleegkundige, heb gekregen om de lege plek in mijn beha te vullen, maakt het verschil met mijn rechterborst nauwelijks opvallend.

Het is fijn om met niemand te hoeven praten.

In het ziekenhuis heeft Geeske iedere dag naast

mijn bed gezeten, wat ik ook zei om haar ervan te overtuigen dat het echt niet nodig was.

'Je kunt toch niet steeds heen en weer treinen om mij een paar uur gezelschap te houden, je kunt je tijd wel beter gebruiken. Hoe zit het eigenlijk met die studie van je?'

'Ik vind het zo'n rotidee als er niemand op het bezoekuur komt.'

'Dat is niet hetzelfde als in de steek gelaten worden. Jij hebt je eigen leven.'

'Ik zou weer een tijdje thuis kunnen wonen.'

Daar kwam ik voor overeind: 'Als je dat maar uit je hoofd laat. Heb ik eindelijk mijn vrijheid terug, komt m'n dochter weer thuis!'

'Mam...' Tranen in de ogen van Geeske.

'Lieverd, de wereld vergaat niet. Geef me een zoen en ga naar huis. Het bezoekuur is trouwens afgelopen.'

'Weet je het zeker, mam?'

Ik heb geprobeerd mijzelf door de ogen van mijn dochter te zien, maar het leverde niet veel op. Een moeder die weerloos in een ziekenhuisbed ligt, een drain van onder haar afwezige borst vandaan en een drain vanuit haar oksel, samenkomend in een slangetje dat uitmondt in een flesje en het vult met een onbestemde rozerode vloeistof. Je moest er niet naar kijken als het ontbijt op een dienblad naast je bed werd gezet. Al raak je sneller dan je voor mogelijk houdt gewend aan de combinatie van voedsel en lichaamsfuncties.

Geeskes observatie kon niet veel verder gaan dan

'moeder hulpeloos in bed'. En dat moeder een stuk weerbaarder is dan ze lijkt, hoeft ze ook niet te weten.

Mensen zijn op hun best als ze zich kunnen ontfermen over iemand die weerloos is, ze groeien erin tot het punt waarop ze bereid zijn zichzelf weg te cijferen, en een hoger niveau kan een mens niet bereiken dus dat moet je iemand zo nu en dan gunnen.

Dat Gees zo panisch zou reageren toen ik vertelde dat de kanker was teruggekomen, had ik trouwens niet verwacht.

Ze barstte uit in een hysterisch huilen en ik heb haar moeten troosten met alle flauwekul die mij te binnen schoot.

'Je zult zien dat het meevalt. Een borst eraf is het einde van de wereld niet. In elk geval ben ik dan van dat carcinoom af.'

Het zal wel een of ander afweermechanisme zijn dat ik het woord 'kanker' vermeed. 'Carcinoom' klinkt wetenschappelijk, best interessant eigenlijk en niet als iets wat met jezelf te maken heeft.

'Amputatie' is nog zo'n woord dat iets afstandelijks heeft, al bleef daar niet veel van over na de duidelijke uiteenzetting van Bosman.

'Een amputatie is heel heftig, heel emotioneel, ik weet het, maar je hebt geen andere mogelijkheid. De tumoren zitten te ver van elkaar voor een borstbesparende operatie, en één ervan is vrij agressief en ook al vertakt, dus het moet amputatie en een okselkliertoilet worden, ik heb helaas geen andere boodschap voor je.'

41

Hij legde uit dat bij het okselkliertoilet de lymfeklieren in mijn oksel verwijderd zouden worden, en dat ik als er daarna nog sporen zouden zitten een nabehandeling zou krijgen van bestraling en eventueel chemo, met bij hormoongevoelige tumoren een anti-hormoonkuur die jaren kan duren.

'Geen reden voor pessimisme,' besloot hij zijn verhaal op een wat verrassende manier.

'Geen chemo,' heb ik gezegd.

'Laten we niet op de zaken vooruitlopen.'

Maar dat wilde ik juist wel. Net zomin als ik geloofde in zijn 'geen reden voor pessimisme', geloofde ik in de meerwaarde van een chemokuur. Niet voor mij in elk geval. Ik was toch de patiënte met die goede vooruitzichten, na de eerste operatie? In het verleden behaalde resultaten bieden kennelijk geen garantie voor de toekomst.

Bosman haalde zijn schouders op en ging me voor naar de deur.

Niet hoeven praten is een luxe na de dagen in het ziekenhuis waarin ik geen seconde met rust gelaten ben.

De hele dag werd ik er beziggehouden, alsof ik voor entertainment betaalde in plaats van voor genezing. Po. Ontbijt. Koffie. De fruitronde. De wensenlijst betreffende de lunch. De lunch zelf. Weer de po. Vrijwilligsters met de boekenkar. Zelfs tot midden in de nacht ging het door. Als ik eindelijk sliep werd er een zaklantaren op mijn gezicht gericht.

'Alles goed met u? Slaap lekker.'

En weg was de verpleegkundige weer, naar het volgende bed, om iemand wakker te maken die de rest van de nacht niet meer in slaap zou komen.

Een samenzwering was het, al was het oogmerk onduidelijk.

'Ik wil naar huis,' heb ik twee dagen na de operatie tegen Bosman gezegd. De wond was bijna dicht, de drain naar de resultaten te oordelen nauwelijks nog nodig.

'Eigenlijk wil ik u nog een dagje langer hier houden,' zei hij.

'Als u me dood wilt hebben moet u dat doen.'

Dus werd de drain er gisteren uit gehaald, het was vervelend maar niet meer dan dat, en vanochtend heb ik mijn spullen in mijn weekendtas gepakt en dat viel bitter tegen.

Met alle wilskracht die ik in mij heb ben ik er niet in geslaagd mijn linkerarm ook maar één taakje uit te laten voeren.

Dus heb ik met mijn rechterhand, klammig en geïrriteerd door de ziekenhuiswarmte, die hinderlijk is als je normale kleren draagt, mijn spullen in de weekendtas gepropt.

'Wordt u niet gehaald?' zei de verpleegkundige bijna ontdaan.

'Ik ben een grote meid!'

Maar ik had natuurlijk allang bedacht dat ik zelf naar huis rijden kon vergeten.

Gewoon een taxi nemen en aan Tess vragen of zij mijn auto op wil halen.

In ons laatste gesprek, voordat ik hem over tien dagen weer zie voor het weghalen van het verband en een eerste controle, zei Bosman dat ik hem onmiddellijk moet bellen als er iets ongewoons gebeurt.

Wat natuurlijk een lachertje was, want hoezo ongewoon! Er was een stuk van mijn lijf weggesneden, iets ongewoners is nauwelijks voor te stellen. En als het aan de artsen ligt zal ik bestraald worden en bestookt met chemicaliën wat ook niet echt alledaags te noemen is.

'Kan ik niet beter melden als er iets gewoons gebeurt?' heb ik voorgesteld.

Daar moest hij om lachen, wat hem goed stond, en bijna een aantrekkelijke man van hem maakte.

Ik heb mij voorgenomen om alleen maar op de bank in de voorkamer te rusten, om zo snel mogelijk los te komen van de gewoonte overdag in een bed te liggen. Maar ik red het niet.

In de loop van de middag word ik overvallen door een peilloze vermoeidheid, de bank blijkt meer decoratief dan comfortabel, mijn hoofd ligt in een ongemakkelijke hoek en zelfs met de gordijnen dicht is er te veel licht om te slapen.

Halverwege de trap kan ik wel janken, omdat het zoveel moeite kost telkens weer een voet op te tillen om een volgende tree te bereiken. Ik krijg met moeite mijn kleren uit, nu geen verpleegkundige toeschiet om mij te helpen, maar in bed liggen is heerlijk, zo verrukkelijk, in mijn eigen slaapkamer met mijn eigen dingen om mij heen.

Alleen de grote olieverf aan de muur, die zo mooi uitkwam in mijn vorige slaapkamer maar in dit kamertje te veel ruimte inneemt, had er niet meer moeten zijn.

Vreemd dat ik er geen seconde aan heb gedacht dat ze mij zouden hinderen, die baadsters in een kalme zee, omringd door het goud van zonovergoten zand. Vriendinnen kennelijk, naar elkaar overgebogen in gesprek, onbevangen in hun naaktheid, gaaf en compleet. Ik heb na die eerste blik vermeden er opnieuw naar te kijken.

Ik ben weer thuis, daar gaat het om.

Ik slaap langer dan ik van plan was, de middag is bijna voorbij als ik opsta en met moeite mijn peignoir van Chinese zijde aantrek om de paar meter naar de badkamer af te leggen, iets wat ik tevoren nooit deed.

Is dat wat zo'n amputatie met je doet? Dat je het naakt zijn tot het uiterste beperkt, tot die momenten waarop het niet anders kan? Schaamte voor je lichaam, dat in je eigen ogen niet meer de moeite waard is?

Voor de lange spiegel in de badkamer blijf ik staan.

Een spot erboven is zo gericht dat geen detail van mijn lichaam mij kan ontgaan. Je kunt veel bedenken om jezelf mooier aan de buitenwereld te presenteren dan je bent, maar dan moet je zelf wel eerst de harde waarheid weten.

Zoals nu bijvoorbeeld.

Ik laat de peignoir van mij af glijden, zacht ruisend glijdt ze langs mijn lichaam, en kijk naar de grote plat-

45

te plek, van borstbeen naar oksel, bedekt met verband en afgeplakt met waterafstotende pleister. Ernaast de gehavende borst die een erfenis is van de eerdere operatie.

Het is de eerste keer dat ik mijzelf zo uitgebreid kan bekijken.

En ik heb er geen idee van hoe ik zal reageren als over tien dagen het verband eraf gaat en ik geconfronteerd word met wat je met enig gevoel voor drama 'de naakte waarheid' zou kunnen noemen.

Nooit heb ik een hekel aan mijn lichaam gehad. Lang niet alles is zoals ik het graag zou hebben, maar niets heeft mij ooit afkeer ingeboezemd, en ik vraag mij met bijna wetenschappelijke belangstelling af of dat zo zal blijven.

Mijn lichaam is in korte tijd zo ingrijpend veranderd dat mijn denken daar nog niet op is ingesteld.

Ik ga dichter bij de spiegel staan en kijk naar mijn gezicht.

Het is vertrouwd en lijkt tegelijkertijd dat van een vreemde.

Iets met de ogen. Of is mijn mond veranderd.

We vlogen een keer naar Los Angeles, Huib en ik, en terwijl wij in een taxi door de stad reden had ik het gevoel dat ik er nog niet helemaal was. Mijn lichaam was vooruit gereisd, maar de rest moest nog aankomen. Pas een dag later voelde ik mij weer compleet.

Nu onderga ik dezelfde sensatie. Hier staat mijn lichaam, in mijn eigen badkamer, ik zie het, maar het voelt niet alsof ik er iets mee te maken heb.

Ik buk mij, raap de peignoir op en drapeer hem moeizaam over een hangertje dat ik vervolgens aan de spiegel ophang.

Waar zo-even nog mijn lichaam weerkaatst werd, glanzen nu dieprode, zachtroze en oranje bloemen tegen een zwarte achtergrond.

Een tijdelijke oplossing.

Ik zal Huib vragen de spiegel van de muur te halen, bij zijn volgende bezoek. Sinds we uit elkaar zijn heeft hij zich nog meer dan tevoren de rol van grote broer aangemeten, ongetwijfeld veroorzaakt door het schuldgevoel dat hij mij zoals nu blijkt in jammerlijke toestand heeft achtergelaten. En hij is te goedig om niet te proberen daar iets tegenover te stellen.

Het geeft hem denk ik het gevoel dat hij mij niet helemaal heeft laten zitten.

Maar misschien kan ik het hem toch maar beter niet vragen.

Ik ken Huib lang genoeg om te weten dat hij er een aanleiding in zal zien om een verhandeling over zelfacceptatie te houden, en zo'n verhaal is het laatste waarop ik zit te wachten.

Onder de douche laat ik mijn rechterhand vol douchegel over mijn lichaam glijden, waarbij ik probeer mijn pijnlijke linkerarm zoveel mogelijk te sparen.

Het veroorzaakt een merkwaardige sensatie.

Mijn handen zijn eraan gewend om gelijktijdig dezelfde bewegingen te maken bij het douchen, en daarbij dezelfde dingen te voelen. Nu ineens is de ene helft van mijn lijf niet meer gelijk aan de andere helft. Ook weer iets waar ik aan moet wennen.

Evengoed geniet ik van de luxe van zoveel water over mij heen.

Dat was in het ziekenhuis wel anders. 'Je moet vooral niet denken dat je hier voor je plezier bent,' zei Hilda, die mij hielp met afdrogen en aankleden nadat ik mij voor het eerst sinds de operatie gedoucht had.

Thuis zal ik mijzelf moeten redden, en dat lukt maar gedeeltelijk, want nu ik voor de taak sta mijzelf zonder hulp af te drogen, ontdek ik een storende fout in het verder zo handige en functionele ontwerp van de mens, namelijk dat het midden van de rug onbereikbaar is.

Ik sla er van over mijn schouder met mijn badhanddoek tegenaan, hopend op een drogend effect, een actie die mij uitput zonder dat het veel resultaat heeft.

Als ik met moeite een slip en een hemdje aantrek, geven de nog vochtige plekken mij een onfris gevoel.

De praktische problemen waarop ik niet voorbereid was, hinderen mij meer dan mijn incomplete lichaam, waar ik met een zekere afstandelijkheid op reageer, iets wat mij al eerder heeft verbaasd.

Tess en Geeske hadden tranen in hun ogen toen ze na de operatie naast mijn bed zaten, alleen al bij de gedachte aan mijn verminkte lichaam onder de dunne ziekenhuissprei.

Zelf heb ik nog geen traan gelaten, ook niet toen

mijn hand voor het eerst de afwezigheid van een borst constateerde.

Op dit moment is mijn lichaam een vreemde bij wie ik noodgedwongen ben ingetrokken, en wat mij betreft mag het voorlopig zo blijven.

Ik trek een zwartlinnen broek aan en een wijde witte bloes met zwarte borduursels. Voor mij even geen sweaters meer. Binnenkort ga ik naar de speciaalzaak in borstprotheses die mij door Hilda is aangeraden, daarna merk ik wel welke kleren ik wel en niet kan dragen.

Zwarte espadrilles. Mijn haar kam ik strak achter mijn oren.

Eigenlijk moet ik mijn pony bijknippen, maar dat komt nog wel.

Op de rand van mijn bed doe ik mijn polshorloge aan mijn rechterpols omdat de huid van mijn linker te gevoelig is.

Het klinkt makkelijker dan het is, mijn linkerhand is niet ingesteld op fijne motoriek en ik ben zeker vijf minuten aan het frunniken voordat het lukt. De oorbellen die ik in had willen doen, laat ik liggen, omdat ik werkelijk niet weet hoe ik dat met één hand voor elkaar moet krijgen.

Nog geen drie kwartier op en nu alweer uitgeteld, en wat heb ik nou helemaal gedaan.

Het liefste zou ik mij achterover laten vallen op het donzen zomerdekbed. Even mijn ogen dicht. Waarom eigenlijk niet.

Maar ik heb mij voorgenomen om flink te zijn, niet

49

toe te geven aan zwakheden en flauwekul, dus sta ik op.

Ik loop de trap af met mijn hand op de leuning, behoedzaam omdat ik vaag duizelig ben, een beetje zoals oma altijd deed, want 'kind ik moet er niet aan denken dat ik op mijn leeftijd een heup breek'.

Op de onderste tree aarzel ik tussen doorlopen naar de keuken of de zitkamer binnen gaan, en op dat moment gaat de voordeurbel.

Tess is van streek, de emoties op haar gezicht wisselen elkaar af, ik zie woede, zelfverwijt en oprecht verdriet voorbij komen.

'Verdomme Marg, waarom heb je niet gezegd dat je vandaag thuis zou komen? Morgen zou ik je komen halen, dat hebben we afgesproken. Ik ga je opzoeken en je bed is leeg, ik schrok me rot! De patiënt is een dagje eerder vertrokken! Je gaat toch in zo'n situatie niet in je eentje naar huis rijden? Ik had hier bloemen willen neerzetten, zorgen voor een leuke thuiskomst.'

Ze is op de rand van tranen.

Ik sla mijn goede arm om mijn vriendin.

'Lieverd, ik ben niet zelf komen rijden, ik heb als een verstandige oude dame een taxi genomen, en ik heb je niet gewaarschuwd omdat ik er zo naar verlangde om een paar uurtjes alleen te zijn. Ik werd gek in dat ziekenhuis, met al die mensen om me heen, het was zo heerlijk om in een leeg huis te komen, niemand die iets vroeg, iets zei, iets wilde. Ik heb geslapen en straks ga ik Barbertje halen, ik heb hem gemist.'

'En Gees, weet die dat je al thuis bent? Nee, natuurlijk, die zou ook morgen komen. Zul je d'r horen!'

'Laat Gees nou maar aan mij over, en als je dan zo graag nuttig wilt zijn, er staat een fles prosecco koel, dat is nog eens wat anders dan slappe thee om vijf uur.'

Ik kijk mijn vriendin na, die naar de keuken loopt. Er is iets met Tess, het is al eerder door me heen geschoten, weken voordat die verdomde tijdbom in mijn leven ontplofte. Het violet van slapeloze nachten kleurt de huid onder haar ogen, haar mondhoeken lijken de zwaartekracht niet langer te weerstaan.

Maar wat kan de oorzaak zijn? Waarom houdt ze mij buiten iets wat kennelijk zo'n invloed op haar heeft?

Anton een vriendin?

Ik kan het mij nauwelijks voorstellen. Hij kijkt wel uit, zal wel gek zijn de kip met de gouden eieren te slachten, en slachten zou het zijn, Tess is in een aantal opzichten behoorlijk ouderwets en haar ideeën over huwelijkstrouw mogen dan wel in een ander tijdperk thuishoren, liever dan hem te delen zal ze haar man de deur wijzen.

Tess komt de kamer in met twee glazen prosecco en gedachteloos steek ik mijn linkerarm uit, die ik als gevolg van een pijnscheut meteen weer terugtrek, zodat het glas in een niemandsland belandt en op de grond valt.

'O, sorry lieverd, ik ben er nog niet aan gewend dat ik niet alles met die arm kan doen. Wordt wel beter als ik braaf oefeningen doe.'

Ik kijk naar mijn vriendin, die op haar hurken het kleed dept.

Mijn arm voelt alsof hij verbrand is, elke beweging, iedere aanraking met de huid veroorzaakt een onaangenaam, pijnlijk gevoel. Het is de uitstraling van de zenuwen in mijn oksel die geraakt zijn bij de operatie, het kan maanden duren, maar hoe dan ook zal het overgaan. Toch hindert het me. Oké, borst eraf, maar kan het daarmee alsjeblieft uit zijn met het gedonder!

Maar zo simpel liggen de zaken niet. De eerste afspraak met de specialist is al gemaakt. Hij zal mijn arm masseren en mij leren hoe ik dat zelf moet doen, absoluut nuttig want het kan oedeem voorkomen, en ik zal dan ook braaf doen wat hij mij aanraadt.

Tess zet een nieuw glas voor mij neer, en deze keer pak ik het op met mijn goede arm.

Het is een vreemde stilte waarin we drinken.

Meestal raken we niet uitgepraat, ook als we in feite niets te melden hebben. Maar nu er stof genoeg is om over van gedachten te wisselen, houden we allebei onze mond.

Ik omdat ik bekaf ben en hoop dat Tess niet lang zal blijven.

Waarom Tess zwijgt weet ik niet. Ik heb al eerder gemerkt dat het voor gezonde mensen buitengewoon moeilijk is om normaal om te gaan met een kankerpatiënt. Ik zou haar kunnen helpen, zelf een gesprek beginnen over mijn ziekte, de operatie, de statistische kansen en mijn overtuiging dat de ziekte deze keer mijn dood zal zijn, wat de artsen ook mogen beweren.

Maar ik heb er geen zin in, en starend naar mijn hand die de hoge steel van het glas streelt laat ik de stilte duren totdat Tess opstaat, onhandig afscheid neemt en verdwijnt.

Ik heb Barber opgehaald bij de buren, die met moeite afscheid van hem namen en erop aandrongen dat ik hem vooral weer zal brengen als hij mij te veel wordt.

Mary stond met mijn hond tegen zich aan gedrukt voordat ze hem met tegenzin aan mij overhandigde, haar hoofd over hem heen gebogen zodat ik de uitgroei van zwart tussen het verschoten blond van haar haar zag.

Ze is caissière bij een uit de kluiten gewassen buurtsuper en zit boordevol amusante verhalen over de manieren waarop klanten proberen onder betaling uit te komen.

Volgens haar smokkelen vrouwen biefstukken mee in hun slip.

Voorverpakt, dat wel.

Ik heb haar uitbundig bedankt, haar de grote doos bonbons gegeven die ze achter elkaar zal opeten voordat ze weer aan een of ander crashdieet begint, en ben met Barber vertrokken nadat ik boven het geluid van de teevee heen ook een bedankje naar Jaap heb geschreeuwd.

Ik ben net weer thuis als Gees belt.

Barbertje is uit geweest en heeft eten gekregen. Hij ligt nu intens tevreden half over mijn voeten, en ik vlei mijzelf met de gedachte dat hij mij gemist heeft en net zo blij is als ik dat we weer samen zijn, al was het maar omdat ik zijn plaatsvervangende moeder werd toen ik hem na zes weken uit het nest haalde.

Ik trek voorzichtig mijn voeten onder hem vandaan om de telefoon op te nemen.

Voor de tweede keer die dag blijk ik iemand overstuur te hebben gemaakt door mijn thuiskomst te verzwijgen.

Ik luister zolang ik het uithoud naar de met tranen vermengde aanklacht van mijn dochter en onderbreek haar als ik er genoeg van heb.

'Geeske, maak er niet zo'n drama van. Ik zie je morgen, precies zoals je van plan was, en daar verheug ik me op. En nu ben ik moe, Gees, dus als je het niet erg vindt praten we morgen verder.'

Ik haal een magnetronmaaltijd uit de vriezer. Een runderlapje, puree en broccoli.

Ik heb er geen trek in maar de andere maaltijden uit het assortiment spreken me ook niet aan, en ik zal toch moeten eten.

Ik prik de voorgeschreven gaatjes in het plastic omhulsel en zet het apparaat aan.

Duisternis is over mijn tuintje neergedaald.

In het huizenblok aan de overkant kan ik aan de lichten op de bovenverdieping zien hoe oud de kinderen zijn die er wonen.

Bij de jongsten zijn de lichten al een uur eerder uitgegaan.

Dit is de tijd waarop de kinderen naar bed gaan die nog even televisie mochten kijken.

In de kamers die tot laat op de avond verlicht zijn, zitten kids over hun huiswerk gebogen of achter hun computer.

Beneden in de huiskamers flitst het nerveuze blauwe licht van televisies, wat ik hier vandaan niet kan zien maar wat ik weet omdat ik 's avonds vaak met Barber door de straat loop.

Nergens een gordijn gesloten, overal een onderuitgezakte man voor de televisie met zelden een vrouw naast zich.

Wat die 's avonds uitvoeren laat zich raden. Misschien een was wegstrijken, een repetitie overhoren of elders in huis bij een kleiner teeveetoestel naar een ander programma kijken.

De magnetron begint te piepen, ik trek de folie van het bakje en deins terug voor de hete lucht die ervanaf komt.

Na een korte aarzeling schep ik de inhoud over op een bord.

De verleiding om uit het bakje te eten was groot, het voelt als een morele overwinning om het niet te doen.

Ik sta mijzelf wel toe om de maaltijd op de bank te eten, terwijl ik kijk naar een aflevering van een serie waar ik niets van begrijp.

Bij mij zijn de gordijnen 's avonds wel gesloten, waardoor ik de buitenwereld het zicht ontneem op een vrouw die met een bord op schoot voor de televisie in slaap is gevallen, haar hoofd tegen de rugleuning van de bank, haar mond halfopen, het toonbeeld van uitputting; werkelijk, een gevoelig mens zou er ont- roerd door raken.

Geeske komt aan het einde van de ochtend met een groot boeket rozen, dat ze op het gangtafeltje legt voordat ze mij omhelst.

Ik schreeuw van pijn als ze mijn linkerarm omknelt en ze laat mij geschrokken los.

'Sorry Gees, lieverd, een beetje voorzichtig met je moeder! En wat een beeldig boeket, wees een engel en snij zelf de stelen even bij, dan pak ik een vaas, wil je koffie en heb je al geluncht?'

Het is veel tekst in het benauwde gangetje en er zit iets zenuwachtigs in mijn manier van praten, ik hoor het zelf. Het is de eerste keer dat ik een beroep op mijn dochter doe en het valt me niet mee, zelfs niet al gaat het om iets simpels als stelen afsnijden.

Ik duw haar met de bloemen in haar armen voor me uit naar de keuken, om ons heen dartelt Barber, die niet weet wie hij kiezen moet om tegenop te springen.

'Ik had zo graag iets lekkers gehaald, maar eerlijk gezegd durf ik nog niet goed de deur uit. Kleine ommetjes met Barber, maar ik zie op tegen een drukke winkel, als je erge trek hebt neem dan even de auto, appeltaart, wat vind je daarvan?' zeg ik tegen haar rug.

'Mam!' zegt Geeske bezwerend.

We zijn inmiddels in de keuken beland.

'Mam, ik heb met Tess gepraat, ze maakt zich zorgen om je en ik ook.'

Ze staat met haar rug naar mij toe, de stukjes steel die ze afsnijdt met een te bot keukenmesje vliegen in het rond.

'Au!' Ze zuigt op haar vinger.

'Ik zou niet weten waarover Tess zich ongerust zou moeten maken. We hebben elkaar maar heel even gezien gisteren. Waar is dat op gebaseerd?'

Gees duwt de rozen in een vaas zonder het elastiek door te snijden dat de stelen bij elkaar houdt. Het boeket zakt stijf en scheef in de te wijde hals.

Straks een andere vaas pakken en de stelen lossnijden, neem ik mij voor.

Mijn dochter is nu bezig koffie te zetten.

'Die arm van je. Mam, op die manier kun je toch niet voor jezelf zorgen. Hoe moet dat nou met aankleden? En koken. Hoe wil je aardappels schillen, ze afgieten, je kunt niet eens een pan vasthouden. Het is toch waanzin dat niemand jou mag helpen. We weten heus allemaal wel dat je flink bent, dat hoef je echt niet nog eens te bewijzen.'

'Ik heb me aangekleed en de vriezer staat bol van de magnetronmaaltijden.'

'Je hebt hulp nodig,' houdt ze koppig vol. 'Als je gisteren niet stiekem vertrokken was uit het ziekenhuis hadden we het daar kunnen vragen. Nu heb ik geen idee wat ik moet doen om iets voor je te regelen.'

Ze is op de rand van tranen.

De geur van koffie vult de keuken.

'Ik red me, Gees. Ik heb alle tijd van de wereld om overal heel lang over te doen en het bevalt me tot nu toe prima. De buren willen Barber uitlaten als het mij te veel wordt, ze hebben aangeboden om voor me te koken en ik kan Tafeltje Dekje inschakelen als de magnetronmaaltijden gaan vervelen. Hulpverlening genoeg in ons land, je hebt geen idee. Als iemand niet geholpen wordt komt het omdat die niet geholpen wíl worden. Zoals ik. En zullen we nu maar eens koffiedrinken?'

Ze komt tegenover mij aan de keukentafel zitten, en zoals altijd stroom ik vol liefde en trots, omdat mijn dochter zo mooi is, zo jong, zo fris en zo slim. Eerstejaars rechten! Alles wat in mijn leven mislukt is, zal zij beter doen.

'En toch zou ik mij geruster voelen als je...'

Ik onderbreek haar. 'Vertel nou eindelijk eens iets over jóuw leven. Hoe gaat het met de studie? Waar ben je mee bezig?'

'Wat denk je,' zegt ze. 'Mijn moeder heeft kanker. Denk je echt dat mijn studie mij ook maar iets kan schelen?'

Haar gezicht is van uitdrukking veranderd, ze is op haar hoede zie ik, maar ik heb geen idee waarom.

'Over mij hoef je je geen zorgen te maken. Ik red mij wel. Maar jij bent met je toekomst bezig.'

'Jij dan niet? Je hebt verdomme een ziekte waaraan mensen doodgaan.'

Ze heeft me klem. Ik kan haar moeilijk vertellen dat mijn toekomst het laatste is waarin ik geïnteresseerd ben.

We zitten zwijgend tegenover elkaar.

'Mam, het gaat goed, echt waar. Maak je nou over mij geen zorgen.'

Ze staat op en pakt mijn beker.

'Ik niet meer, Gees.'

Ze blijft naast mijn stoel staan en buigt zich naar me over, ik voel haar gezicht op mijn haar.

'Beloof je dat je beter wordt, mam!'

Ik knik, een sliert haar van mijn dochter streelt mijn voorhoofd en wang.

'Natuurlijk word ik beter, stel je voor schat, er zijn ergere dingen.'

Ik voel dat ik moe ben.

Het is beangstigend hoeveel energie je kwijtraakt door een paar uur bewusteloos op een operatietafel te liggen. Het zou logischer zijn als je daar juist enorm van zou opknappen.

Gees is weer tegenover mij gaan zitten, ik kijk in haar bezorgde ogen.

'Je bent ineens zo bleek,' zegt ze. 'Wil je liggen? Zal ik je naar boven helpen?'

Ik knik, te moe om mij groot te houden.

Ze neemt mijn arm, de verkeerde zodat ik in elkaar krimp van pijn, en ik weet dat ze het ziet als een bevestiging van het feit dat ik een hulpbehoevend wrak ben. Maar het is fijn dat ze mij de trap op helpt en boven uit mijn kleren, en de gordijnen dichtschuift.

'Ik blijf beneden wachten tot je wakker bent, mam.'

'In godsnaam Gees,' zeg ik.

Ze aarzelt.

'Echt, ik meen het. Ga nou maar, je hebt vast wel iets belangrijkers te doen.'

Ik zie dat het tot haar doordringt dat ik werkelijk alleen wil zijn.

'Oké, mam. Ik heb altijd mijn mobiel bij me, als je mij nodig hebt ben ik binnen twee uur bij je.'

Ze trekt het dekbed tot onder mijn kin en strijkt het glad met wat ik als een liefdevol gebaar onderga.

De zon vormt een streep licht tussen de net niet goed gesloten gordijnen, door het halfopen raam hoor ik een paar huizen verderop een kind huilen. Een ijl en eenzaam geluid op zo'n zonnige dag.

Gees bukt zich en geeft me een zoen op mijn voorhoofd, heel even lijkt de moeder-dochterrol omgekeerd.

'Dag lieverd.'

In de deuropening blijft ze naar me staan kijken. Ik doe mijn ogen dicht en houd ze gesloten tot ik de kamerdeur zacht dicht hoor gaan.

Ik breng de dagen lezend en rustend door, overdag meestal op het terrasje achter het huis. Het is een voorbeeldig voorjaar en vanuit mijn comfortabele stoel heb ik mij verzoend met mijn nieuwe tuin.

Met een aantal ingrepen is er best iets van te maken.

Ik wil in een tuincentrum op zoek gaan naar zo'n klein vijvertje dat je alleen maar hoeft in te graven. Mijn buurman is klussenier, als ik hem inschakel hoef ik zelf geen meter grond te verplaatsen. Water in de tuin is leuk omdat het vogels en insecten lokt. Een vogelhuisje moet er ook komen, en tegen de muur die mijn tuin van de buurtuin scheidt wil ik een leuke klimmer, een clematis, vermengd met iets wat in een ander seizoen bloemen heeft.

Tegen de achtergevel komt een blauwe regen. Ik ben dol op die grote trossen die veel te kort bloeien waarna ze een ongelofelijke bende veroorzaken.

Maar als ze bloeien, zijn ze met hun art-deco-uitstraling zo mooi dat het moeilijk is je ogen ervan af te wenden.

Natuurlijk realiseer ik mij dat ik bezig ben de tuin

van mijn ouderlijk huis te kopiëren, met het kleine grasveld waarop ik met Flor in het kinderbadje speelde op zomerse dagen die eindeloos duurden en altijd zonovergoten waren.

De onbezorgdheid die achteraf de glans kreeg van een dierbare herinnering.

Dat ik achtergesteld werd bij Flor zal toen misschien ook al het geval zijn geweest, maar ik heb daar geen herinnering aan.

Pas later begon het mij op te vallen, toen het verschil tussen mijn zusje en mij duidelijker werd.

Ik de plichtsgetrouwe, de consequente, de rechtlijnige, en Flor de luchthartige, die het vermogen bezat om iedereen aan het lachen te maken en altijd haar verhaal klaar had, zodat het niet opviel dat ze bijna nooit een hand uitstak.

Als ik na het eten de tafel had afgeruimd – ik kon dat zo snel dat niemand de moeite nam mee te helpen – stond Flor tegen de keukentafel geleund vrolijke verhalen te kwetteren waar moeder, tot haar polsen in het dampende sop, glimlachend naar luisterde terwijl ik alles wat in het afdruiprek werd gezet afdroogde.

Het was verbijsterend dat het nooit in Flor opkwam om ook eens een theedoek te pakken, en nog verbijsterender dat moeder in plaats van mij te prijzen over haar schouder heen kritiek had op mij.

'Niet tegen je aan afdrogen, hoe vaak heb ik dat al niet gezegd, moet je die natte plekken op je trui zien!'

In Flor vond moeder een dochter die net zo weinig zin had in de praktijk van het dagelijkse leven als zijzelf en die net als zijzelf hield van luxe of in elk geval de schijn daarvan. Aan mij had ze een dochter met twee rechterhanden, snel en handig, iets waar ze veelvuldig gebruik van maakte.

En dan was er natuurlijk pa, opgevoed met de gedachte dat huishouden en mannen twee onverenigbare grootheden zijn.

'In een huis met drie vrouwen!' was zijn lievelingsuitdrukking, en een verklaring voor het feit dat hij niets deed.

Waar ík zin in had en wat ík graag voor mijzelf zou willen was iets waarin niemand zich verdiepte, en eerlijk gezegd ikzelf nog het minst.

Wat gedaan moet worden moet gedaan worden, dat begreep ik ook wel, en dat ik er meestal voor in aanmerking kwam was traditie, zoals in andere families verjaardagen beginnen met een luid gezongen lied.

Maar de gouden herinneringen aan de tijd daarvoor, twee kleine meisjes met witte katoenen hoedjes op, spelend in een zomerse tuin, blijft overeind.

In die herinnering vult moeder de deuropening van de keuken, in elke hand een glas limonade met een rietje, haar ogen dichtknijpend tegen het zonlicht.

'Het beeld is op zich gunstig,' zegt Bosman. 'Maar dan ga ik er wel van uit dat u bestraald wordt en een chemokuur krijgt.'

'Geen chemo, geen bestraling,' zeg ik.

'Dat verslechtert uw kansen aanmerkelijk.'

'Maar het verbetert de kwaliteit van mijn leven.'

'Op korte termijn ja. Ik raad u aan om aan de lange termijn te denken.'

'Geen chemo, geen bestraling,' herhaal ik.

Dit vertel ik natuurlijk aan niemand.

Het kost weinig moeite mij voor te stellen hoe mijn dochter zal reageren als ze hoort dat haar moeder een behandeling heeft afgewezen die levensreddend kan zijn.

Zoveel mensen ondergaan een chemokuur. Bovendien voel je je een stuk minder ellendig dan in de begintijd van zulke therapieën.

Ik hoor het Geeske zeggen, en anders Tess wel.

Stuurlui aan wal, die van hun handen een toeter maken en roepen dat je je roer recht moet houden.

De harde waarheid is dat voor de tweede keer in betrekkelijk korte tijd een aantal tumoren de aanval op mijn borst heeft ingezet en dat ik daar de conclusie uit heb getrokken dat er voor mij geen definitieve genezing in zit.

Dus waarom zou ik mij dan de ellende van zinloze behandelingen op de hals halen.

Ik heb geprobeerd het uit te leggen, maar Bosman weigerde het te begrijpen. Of misschien kon hij het inderdaad niet. Mijn kansen lagen hoger dan fiftyfifty. Er was geen enkele reden om de strijd nu al op te geven.

'Bovendien, als u er zo over denkt waarom heeft u zich dan eigenlijk laten opereren?'

Ik haalde mijn schouders op.

'Kom dan in elk geval op de controles,' heeft hij gezegd terwijl we uit onze stoelen overeind kwamen, het bureau tussen ons in, de foto's van twee mooie meiden en hun al even aantrekkelijke moeder naar mij gericht.

'Als zich dan iets voordoet en u verandert van mening, kunnen we alsnog ingrijpen.'

Dat was nadat hij mij een gesprek met de ziekenhuispsycholoog had aangeraden.

Natuurlijk ook afgewezen door mij, want dat een ander beter dan ikzelf zou weten wat mijn redenen zijn, lijkt me onwaarschijnlijk.

Nu het verband eraf is wordt genadeloos duidelijk wat er met mijn lijf is gebeurd.

De operatiewond is dicht, maar de ritssluiting is gezwollen, bobbelig en rood. Ooit zal er niet meer te zien zijn dan een dunne witte streep, oninteressant voor iemand die zeker weet dat niet meer mee te zullen maken.

Ik loop met Barber langzaam een laatste rondje.

Onder de bomen in het park is de lome warmte van de dag blijven hangen. Verder op het speelweitje slaat de koelte van de nacht toe, waartegen mijn tweed zomerjas onvoldoende bescherming biedt.

Mijn gezicht gloeit, ik heb vandaag te lang en te gretig in de zon gezeten.

Boven mijn hoofd een sterrenhemel, voor zover je die kunt zien met de lichtvervuiling die 's nachts boven de stad hangt als een kermisattractie.

Ik staar een tijdje omhoog, wachtend op een vallende ster.

Op dezelfde manier sta ik op een heldere dag weleens naar een overvliegende Boeing te kijken. Eens in de zoveel tijd is er iemand die een vliegtuig ziet neerstorten. Ik heb er ooggetuigen over horen vertellen in televisiejournaals. Een knal. Een lichtflits. Het ging zo snel.

Daarna de beelden van de puinhoop, wrakstukken, uit elkaar gereten bagage, ingepakt door mensen die erover nadachten welke kleren ze mee zouden nemen. Ergens in een aankomsthal staan mensen te wachten op dierbaren die nooit aan zullen komen.

Op weg naar huis kijk ik woonkamers in waar meestal het blauwe flakkerende licht van de televisie regeert.

In altijd hetzelfde huis zit altijd dezelfde vrouw naast een schemerlamp over een boek gebogen. Ik heb weleens overwogen om aan te bellen en te vragen wat ze leest. Je zou op die manier een leesclubje samen moeten stellen, bestaande uit fanaten die er niet toe kunnen komen een boek dicht te slaan voordat het gelezen is, en op die manier de laatste wakers van de stad zijn.

Ik heb Barber net zijn laatste hondensnoepjes gegeven en sta op het punt om naar bed te gaan als er gebeld wordt.

De deur zit al op het nachtslot, de sleutel ligt ergens anders dan ik dacht, en nog voordat ik bij de deur ben wordt er opnieuw, en ongeduldiger nu, gebeld.

'Já!' roep ik.

Het klinkt eerder als een snauw dan als een mededeling dat ik in aantocht ben.

Ik worstel met het slot, dat nodig gesmeerd moet worden, het zijn dingen die Huib in het vorige huis altijd voor zijn rekening nam, en zwaai de deur open.

'Jezus, Flor!'

Mijn zusje strekt haar armen naar mij uit, op de straat achter haar trekt een taxi geruisloos op, naast haar hooggehakte laarzen, waarop ik nog geen meter zou kunnen lopen, staat een enorme weekendtas. Haar schoudertas met puntig koperbeslag heeft ze schuin over haar borst gehangen, het maakt onze omhelzing pijnlijk zodat ik mij er snel uit losmaak. Iets wat ik hoe dan ook gedaan zou hebben.

In het meedogenloze licht van de lamp bij de voordeur ziet ze er ouder uit dan de laatste keer dat ik haar zag. 13 juli was dat, de verjaardag van Gees, die ze nooit overslaat zodat ik moet toezien hoe mijn dochter en haar tante elkaar omhelzen als dierbare vriendinnen, waarna Gees een veel te duur cadeau in ontvangst neemt, meestal iets waaraan ze niets heeft, een lila nepbontstola, of een professionele make-up-kit met meer kleuren dan de regenboog. Onvermijdelijk volgt na het uitpakken opnieuw een omhelzing. Werkelijk, je zou zweren dat ze moeder en dochter zijn.

Op onze verjaardagen sturen Flor en ik elkaar een kaartje, nietszeggend en niet overlopend van hartelijkheid, maar we houden ons er wel aan, wat op zich bizar is. Zo harmonieus was onze gezamenlijke jeugd niet.

Flor pakt de weekendtas op en manoeuvreert zich door de smalle vestibule naar de gang. Ze brengt koele avondlucht met zich mee en de geur van een bloem die ik niet benoemen kan.

Terwijl ik de deur achter haar dichtdoe vang ik een glimp sterrenhemel op, en een stukje maan met een floers wolk ervoor.

Flor kijkt om zich heen zonder commentaar te geven, en dat kan alleen maar betekenen dat het erger is dan ze zich had voorgesteld bij 'kleiner wonen'.

Ze laat de tas uit haar handen vallen; haar suède jack met de bontkraag, te warm voor deze tijd van het jaar, glijdt van haar schouders en komt ernaast terecht. Het is al met al behoorlijk vol in de gang en ik zou willen dat ze doorliep, maar door de halfopen kamerdeur komt Barber haar tegemoet, kwispelend en kronkelend van plezier bij dit onverwachte bezoek.

Terwijl ik klem sta, zakt Flor door haar knieën om Barber te begroeten, die op zijn rug gaat liggen van enthousiasme en met zijn pootjes door de lucht maait.

Dat ik mijn ene schoen op de tas zet en met de andere op haar bontjack terechtkom, ontgaat Flor, of misschien kan het haar niet schelen, maar in elk geval kan ik nu de kamer in lopen, pissig om het gebrek aan mensenkennis van mijn hond.

Ze staat midden in de kamer. Een strakke broek in haar laarzen, een mohair trui die haar borsten overdreven accentueert, haar blonde haar nonchalant opgestoken, met altijd die ontsnappende krul in haar nek die haar iets weerloos geeft als je haar niet beter zou kennen.

Ze blijft slank, ook nu ze ouder is, maar als ze zich in de kamer naar mij omkeert zie ik rimpeltjes bij haar ogen en boven haar mond.

Het geeft een zekere voldoening, maar niet veel, want ze is nog steeds aantrekkelijk, en zelfs met die rimpels zullen er op straat mannen zijn die haar nakijken.

Ik ben mij op slag bewust van mijn wijde broek en de vormeloze trui erover. Hoe minder er zichtbaar is van mijn lijf hoe beter, als het zou kunnen zou ik het liefst bestaan uit kleren zonder lichaam erin.

Flor monstert mij met die snelle blik waarmee vrouwen elkaar opnemen en waarbij niets hun ontgaat, en eindigt haar observatie met een vage glimlach.

'Je hebt vast wel ergens een fles wijn,' zegt ze.

Ze rommelt met de gespreide vingers van haar linkerhand door haar blonde haren, en schudt even haar hoofd, zoals honden zich schudden om hun vacht op orde te krijgen. Het is een gebaar dat ik uit duizenden zou herkennen.

Sommige mensen zie je maar zelden, en als je ze dan weer ontmoet blijkt alles bij hetzelfde gebleven, denk ik, terwijl ik bij de tafel sta en het verdom om te gaan zitten omdat het een uitnodiging zou kunnen lijken.

71

'Ik wilde net naar bed gaan.'

Flor trekt haar wenkbrauwen op.

'Waarom vraag je niet wat ik kom doen?'

'Wat kom je doen?' Ik doe mijn best het zo ongeïnteresseerd mogelijk te laten klinken.

In feite ben ik wel degelijk nieuwsgierig.

Na de begrafenis van mamma heeft ze een paar keer gebeld om mij te vertellen hoe flink ze het vond dat ik al die dingen regelde waarvan zij geen verstand heeft.

Pas bij de notaris zag ik haar weer.

Ze heeft altijd beschikt over een perfect gevoel voor timing.

'Wat ik kom doen?' Ze herhaalt mijn vraag alsof ze hem niet eerst zelf heeft gesteld.

'Ik kom een beetje voor jou zorgen, Marg. Geeske heeft gezegd dat je het godsonmogelijk kunt redden in je eentje. Je moest eens zien hoe je erbijstaat, net een zielig, vleugellam vogeltje. Okseltoilet toch? Nou, maak je borst maar nat, daar ben je voorlopig nog wel zoet mee, sorry voor de woordkeus.'

Ik slik de opkomende woede weg. Hoe haalt Gees het in haar hoofd om zich met mijn zaken te bemoeien?

'Gees had je niet moeten bellen,' zeg ik. 'Ik vind het aardig dat je gekomen bent, maar ik kan het heel goed alleen af. Iedereen wil me helpen, niemand begrijpt dat ik het nodig heb om alleen te zijn.'

'Daar is dan nou even niets aan te doen.' Haar stem blijft opgewekt klinken.

Ze rijdt half Nederland door, alleen om te ervaren

dat ze eigenlijk niet welkom is, en laat het gewoon van zich afglijden.

'Je zult zelf je bed op moeten maken.'

'En jouw eigen bed kun je zeker wél opmaken met die arm! Geef toch toe dat je best wat hulp kunt gebruiken. En hoe zit het met die wijn?'

Ze zit met haar ellebogen op tafel, glas wijn tussen haar handen.

Ik kan zien dat ze moe is; ik ben het ook, mijn arm doet pijn, mijn slapen kloppen, ik had geen wijn moeten drinken want die valt verkeerd, een scherp, snijdend gevoel in mijn maag dat ik weg zou willen boeren als ik niet bang was dat ik dan ga overgeven.

Flor kijkt me aan.

'God, schat, je moet echt gaan liggen.'

Het beeld van mij dat ik in haar ogen zie is niet flatteus.

Ik sta op en pak de rugleuning van mijn stoel totdat ik me stabiel genoeg voel om in beweging te komen, en vergeet mijn trots als ze achter mij aan de trap op loopt en ik mij met mijn goede arm aan de leuning omhooghijs. Ze geeft geen commentaar, al kan het haar niet ontgaan.

Uit de linnenkast in mijn slaapkamer pak ik twee lakens.

'Er zit al een molton om de matras en dekens liggen er ook op. O ja, een kussensloop.'

Ze kijkt naar de lakens met de geborduurde rand die ik in haar handen heb geduwd.

73

'Jij hebt natuurlijk al het linnengoed,' zegt ze. Ze slikt het woord 'ingepikt' in.

'Ik heb niet gemerkt dat jij ergens belangstelling voor had,' zeg ik.

Ze haalt haar schouders op en zwijgt.

Ik wijs haar het logeerkamertje, dat ik bij afwezigheid van logés gebruik als werkkamer.

Een klein tafeltje, een laptop en een printer, meer heb ik niet nodig. Sinds een paar jaar schrijf ik kleine verhaaltjes voor kinderen, waar ik niets mee doe, behalve dan mijn zachte kant ontwikkelen volgens de psycholoog met wie ik vlak na mijn scheiding een paar keer heb gepraat, omdat ik niet los kon komen van machteloze woede en zelfmedelijden om het onrecht dat mensen die deel van je leven uitmaken op een dag vertrekken, alsof het de gewoonste zaak van de wereld is dat hun leven verdergaat waar het jouwe stilstaat.

Hij vond mij een harde tante, wat hij natuurlijk niet uitsprak behalve die ene keer dat hij het had over 'een bijna beangstigende rechtlijnigheid'.

Dat was nadat ik verteld had hoe ik ooit recht heb getrokken wat krom was gemaakt door Flor. Elkaars fouten goedmaken, dat is toch het minste wat je van familie kunt verwachten, had ik eraan toegevoegd.

Terwijl ik naar zijn gezichtsuitdrukking keek wist ik dat ik nooit meer naar hem toe zou gaan.

Ik ben aan kritiek gewend maar je krijgt er op een gegeven moment wel genoeg van, zeker als het komt van mensen die dik betaald worden om naar je te luisteren.

'Die andere deur is zeker de badkamer?'

Het is er een troep, omdat ik na het douchen geen energie meer heb om op te ruimen en er later op de dag niet meer aan denk. Maar ik verdom het om het uit te leggen, laat staan mij ervoor te verontschuldigen. Dan moeten mensen maar niet onverwacht je huis binnen dringen.

'Ik pak even een paar handdoeken voor je.'

Ik zoek de dunste uit, handdoeken waarmee ik mijzelf allang niet meer wil afdrogen, alleen nog maar geschikt om gebruikt te worden als poetslap.

Ze trekt haar wenkbrauwen op maar geeft geen commentaar als ik ze in haar uitgestrekte hand leg.

Is ze veranderd of zweeg ze vroeger ook over zaken waar ze herrie over had kunnen maken?

Ik weet het niet meer. Ik besef dat mijn herinneringen gekleurd zijn. Sommige zijn in de loop van de jaren vervaagd, andere herleven alsof ze op het moment zelf voorvallen.

Die nacht met vader bijvoorbeeld. Zijn klagende stem door het plafond heen en de ogen van moeder tegenover mij aan de keukentafel.

'Als je een glas nodig hebt voor het tandenpoetsen, haal er dan een uit de keuken,' zeg ik. 'En slaap lekker.'

Ik doe de deur van mijn slaapkamer dicht.

Voor het eerst sinds ik in dit huis woon, ben ik een nacht niet alleen, als ik Barber even niet meereken.

Ik kan er niet verheugd over zijn.

De volgende ochtend staat er tot mijn verrassing een ontbijt klaar op de keukentafel, die klein is en evengoed nog te groot voor de ruimte. Maar ik ben een keukenmens, op geen andere plek in huis drink ik zo lekker mijn thee, het ochtendblad wijd uitgespreid voor me op tafel.

Nu staat hij volgepropt met brood, beschuit en ontbijtkoek in een broodmandje, eierdopjes naast de borden, boter in een vlootje en de theepot op een lichtje. Flor heeft overal aan gedacht.

Waar ze de attributen vandaan heeft gehaald is mij een raadsel, eierdopjes bijvoorbeeld gebruik ik al jaren niet meer. Ik sla een deuk in het ei, laat de schillen op de keukentafel vallen en neem er hapjes van.

In je eentje doen alsof maaltijden tot de gezellige momenten van de dag behoren is flauwekul waarmee eenzame mensen zichzelf troosten.

Ik voel me niet eenzaam en nepgezelligheid interesseert mij niet.

Flor is bij het aanrecht bezig. De geur van geroosterd brood doet me denken aan vroeger.

Naast mijn bord ligt de ochtendkrant.

'Ik heb Barber al uitgelaten. Leuk parkje is dat, verderop.'

Ze heeft een verschoten blauwe jeans aan en een grijze sweater waarin haar borsten scherp afsteken. Haar blonde haar hangt los op haar schouders en ze heeft zich niet opgemaakt. Ik trouwens ook niet, maar voor haar pakt het voordeliger uit.

Het kost me moeite om dankbaar te reageren op

alle ongevraagde goede werken die ze heeft verricht terwijl ik bezig was mij te douchen en aan te kleden. De deur van de badkamer op slot, ze mocht eens op het idee komen mij te helpen, ik zou haar ogen op mijn naakte lichaam niet kunnen verdragen.

Zoals ze vroeger kon kijken, toen we een slaapkamer deelden en ze haar ogen langs mijn lichaam liet glijden terwijl ik probeerde zo snel mogelijk mijn kleren aan te trekken, mij bewust van alles wat niet mooi was aan mij. Zelf liep ze zo lang mogelijk rond zonder kleren, een nimf in een benauwde ruimte onder de hanenbalken met boven het ene bed uit tijdschriften geknipte foto's van popsterren en boven het andere bed niets.

Ik ga achter mijn bord zitten.

'Ben je zover?' vraagt ze, een goudbruin geroosterde boterham in haar hand.

Ik knik en vraag me af of ik nu gewoon de krant kan gaan lezen zoals ik dat elke ochtend tijdens het ontbijt doe.

Ik vrees dat het geen aardige indruk zou maken.

Ik zucht en probeer de boterham op mijn bord te smeren zonder dat zij merkt hoeveel moeite het me kost.

'Ik heb eens naar jouw broodbeleg gekeken, maar volgens mij eet je alles wat fout is voor een kankerpatiënt,' zegt ze opgewekt terwijl ze tegenover mij gaat zitten. 'En die magnetronmaaltijden lijken me ook niks. Ik zal straks even op internet zoeken naar dieettips.'

'Heb je dan een laptop bij je?'

Ze kijkt me verbaasd aan.

'Er staat er toch een in de logeerkamer? Mooi beeld! Je hebt een mailtje van Tess. Ze heeft al twee keer gebeld, hoor jij de telefoon niet boven?'

Ik haal diep adem en leg mijn mes neer.

Flor kijkt naar mijn gezicht.

'Sorry, ik was even vergeten dat iedereen van jouw spullen af moet blijven. Zoek dan zelf maar even op internet. Ik mag toch wel meekijken of ook niet?'

'Nee,' zeg ik. 'Dat mag je ook niet, en ik peins er niet over om iets op te zoeken. Ik weet dat het lief bedoeld is, Flor, maar ik heb geen hulp nodig, ik kan me heel goed zelf redden. Eerlijk gezegd heb ik meer last van mensen die mij willen helpen dan van mijn situatie.'

'Dus of ik maar op wil stappen.'

Ik knik.

'Een weekje,' zegt ze. 'Ik moet een week onderdak hebben. Maarten en ik zijn uit elkaar, hij is deze week aan het verhuizen en ik wil er niet bij zijn.'

De vraag brandt op mijn lippen wie wie heeft laten zitten, maar ik houd mij in.

'Ik dacht dat je hier was om mij te helpen,' zeg ik in plaats daarvan.

'Ook,' zegt ze, terwijl ze een klodder jam van haar wijsvinger likt. 'Ook!'

Het maakt het absoluut makkelijker dat ik niet dankbaar hoef te zijn. De rollen zijn omgekeerd. Mijn zuster heeft onderdak nodig en ik ben zo vriendelijk om

78

haar dat, voor een weekje, te verschaffen.

Alles wat ze vanaf nu voor mij doet kan ik rang-schikken onder het kopje 'tegenprestatie'.

En proberen gezellig te doen hoeft ook niet meer.

'Een week dan, maar niet langer!' zeg ik, waarna ik de krant opensla en haar verder negeer.

Ik hoor beschuit tussen haar tanden kraken, zij hoort hoe thee met klokkende geluiden mijn keelgat passeert, zij slurpt en slaakt van die tevreden zuchtjes, ik geef een klap op de krant om de pagina die ik met veel geritsel heb omgeslagen, weer plat te krijgen. Er is een vlieg die ons beurtelings hindert en die we met een weids armgebaar naar de overkant van de tafel ja-gen, zodat het lijkt of we met een onzichtbare bal een partijtje tafeltennis spelen.

Kortom, twee is heel erg niet alleen. Je moet ervan houden, wat ik dus niet doe, maar een week is te over-zien.

Wat voor zin heeft je leven als het niet wordt voortgezet door je kinderen, in mijn geval door Geeske?

Ik ben zo stom geweest om daarover te beginnen met die psycholoog. Wat heb ik toch van die man verwacht? Kennelijk moet ik gehoopt hebben dat hij het zou begrijpen, maar in plaats daarvan begon hij over de zware last die ouders daarmee op de schouders van hun kinderen leggen, een tekst die ik voor hem had kunnen uitschrijven, want ik weet verdomd goed hoe anderen daarover denken.

Dat kinderen recht hebben hun eigen leven op te bouwen en daarbij niet gehinderd moeten worden door het falen of de successen van hun ouders, bla bla bla.

Wie heeft zich ooit bekommerd om de kansen die aan mij voorbij zijn gegaan?

'Verbittering is een gif,' zei hij toen ik die opmerking maakte.

Alsof ik dat niet weet. Alsof ik het bitter niet proef, de smaak van gal niet mijn mond vult als ik denk aan hoe anders mijn leven had kunnen zijn.

Als het mij lukt om Gees duidelijk te maken hoe

belangrijk het is dat ze wat bereikt, staat niets haar een gelukkig leven in de weg.

Maar ik betwijfel of dat wel tot haar doordringt in dat gezellige stadje, waar ik haar regelmatig opzoek in haar studentenkamer in de schaduw van de Dom.

Haar antwoorden als ik naar haar studie informeer zijn vaag en nietszeggend. Alles gaat 'goed' en is 'leuk', 'boeiend' of 'interessant'.

De tijd die zij verknoeit gaat af van de tijd die ik nog heb, maar wat ik ertegen moet doen, weet ik niet.

Flor heeft zich in mijn huis genesteld als een duivin die zich heeft voorgenomen op haar dooie gemak haar eieren uit te broeden.

Het riante ontbijt waarmee ze mij op de eerste dag van haar verblijf verraste, bleek geen eenmalig gebeuren zoals ik eerlijk gezegd had verwacht. Alleen begint ze nu alvast in haar eentje omdat het wachten op mij haar kennelijk te lang duurt.

Als ik beneden kom tref ik haar aan met een volle mond boven mijn krant, waar ze kruimels en thee op morst terwijl ze hem in vieren vouwt vanwege het leesgemak.

Het niet kunnen omgaan met een krant is een vorm van analfabetisme, iets wat ook blijkt uit de keuze van onderwerpen die haar interesseren. Korte berichtjes op de voorpagina die al zoveel vermelden dat het lezen van de rest van het verhaal verderop niet meer nodig is, althans niet voor mensen die niet kunnen wachten hun krant in de kattenbak te leggen.

Dat mijn ochtendritueel op een meer dan hinderlijke wijze door haar verstoord wordt, kan ik mijn zuster niet duidelijk maken. Verbaasd en lichtelijk geamuseerd biedt ze mij een verfomfaaid katern van mijn eigen krant aan, die in mijn ogen verworden is tot een bundel grauw papier met letters erop.

Ondertussen wijst niets erop dat ze zich bewust is van het feit dat 'een weekje' zeven dagen telt, waarvan er nu vier om zijn. En dat we hebben afgesproken dat ze na dat weekje zal vertrekken met haar weekendtas, waarvan zij de inhoud over het hele huis verspreid heeft.

Ze verkleedt zich drie keer per dag en de eerste dag liet ze de kledingstukken die ze uittrok liggen waar ze terechtkwamen.

Maar het is niet meer zoals vroeger, toen ik haar kleren oppakte en op hangertjes terughing in haar klerenkast. Niet uit zusterliefde maar omdat het van mij verwacht werd door een moeder die niet tegen rommel kon.

Toen ik een van haar beeldige vestjes op de vloer tegenkwam, zette ik mijn voet boven op een onschuldig knoopje van parelmoer, dat een klein knappend geluidje gaf, bijna onhoorbaar, maar zeer bevredigend.

Ze zag het mij doen en haar mond zakte open in een komische uitdrukking van verbijstering. Sindsdien houdt ze haar kleren zoveel mogelijk uit mijn buurt, en dat is exact wat ik hoopte te bereiken.

Voor mensen die tijdelijk in hetzelfde huis wonen, zien we elkaar niet veel.

Door de deur van het logeerkamertje heen hoor ik haar opgewonden in haar iPhone praten. Voor zover ik het kan volgen probeert ze haar ex Maarten te bereiken, die er kennelijk handig in is haar te ontwijken, zodat zij doorlopend haar nood klaagt bij vriendinnen over zijn lompe gedrag en wat hij haar heeft aangedaan door het met die slet op de zaak aan te leggen.

Het feit dat hij haar heeft ingeruild neemt mij voor hem in, al wist ik tot voor drie dagen geleden niet dat hij bestond.

Toen moeder begraven werd, had Flor voor zover ik weet geen vriend, in elk geval was ze alleen.

Ze stond hevig te huilen naast mij, ik kon haar lichaam voelen schokken, maar het riep geen zusterlijke gevoelens wakker, althans niet het soort zusterlijke gevoelens dat resulteert in armen om elkaar heen en troostende woorden.

Troosten voor wat trouwens?

De dochterliefde die ze nu luidruchtig snotterend etaleerde had ze beter in praktijk kunnen brengen toen onze ouders er nog wat aan gehad hadden.

Aan Huibs gezicht zag ik dat hij er net zo over dacht, ook van zijn kant kwam er geen reactie op het steeds hysterischer huilen van Flor.

We hadden het hoe dan ook druk genoeg met Gees, voor wie dit de eerste begrafenis was. Tussen Huib en mij in keek ze met een versteende uitdrukking van afgrijzen op haar gezicht naar de kist met haar dode oma erin.

Tegen haar kleindochter was moeder altijd vriendelijk geweest, en wie was ik om mijn dochter te vertellen dat er wel het een en ander op die oma af te dingen viel.

Ik had plichtsgetrouw een boeket op de kist gelegd, namens ons drieën. Flor had er niet aan gedacht bloemen te regelen.

'Waarom sta ik er niet op?' vroeg ze toen ze de afwezigheid van haar naam op het witzijden lint opmerkte.

Of er gesproken zou worden, vroeg de begrafenisondernemer.

'Niet door mij of mijn man,' zei ik. 'En waarschijnlijk ook niet door mijn zuster.'

Dat laatste had ik goed ingeschat. Het gaf een grimmige voldoening.

Ik staarde naar de kist, een arm om Geeske heen, en dacht aan de ogen van moeder die namiddag dat ze stierf.

'Angst voor de dood,' las de verpleegkundige erin, maar ik wist wel beter.

Gees was een tiener in de jaren waarin ik mijn tijd verdeelde tussen mijn gezin en het huis drie straten verder, waar mijn ouders zich zonder enige gêne afhankelijk maakten van mijn hulp.

Ze hadden het huis gekocht toen ze nog mobiel waren, met het oog op een toekomst waarin ze hulp van buitenaf nodig zouden hebben. Het leek hun handig om alvast bij mij in de buurt te wonen.

Er was niets wat ik ertegen kon doen.

Ik heb mij geen enkele illusie gemaakt toen ze vertelden wat hun plannen waren. Ik was de vanzelfsprekendheid in hun leven, en waarom ik telkens weer aan die eis voldeed, kon ik toen niet uitleggen en nu een beetje, alhoewel ik niet verder kom dan dat het een voortzetting was van de rol die ik in mijn jeugd al vervulde, en de bevestiging van wat ik altijd geweten heb, namelijk dat er aan de druk die mijn ouders op mij uitoefenden pas met hun dood een einde zou komen.

Moeders dood, een jaar na het overlijden van vader, was het einde van een weg die ik met groeiende tegenzin heb afgelegd.

Mijn ouders bleven halsstarrig een aanleunwoning bij een verzorgingshuis weigeren, ze hadden immers een dochter die voor hen kon zorgen. Wel was er in een laat stadium thuiszorg ingeschakeld, toen Huib hun duidelijk maakte dat ik er niet de taak bij kon hebben mijn ouders dagelijks te wassen en in diverse kledingstukken te hijsen.

Er ging geen dag voorbij dat ze me daarover geen bittere verwijten maakten, een vreemde in hun huis en aan hun lijf was iets waar ze totaal niet op gerekend hadden.

Maar ik was blij met Huibs inmenging. Ik had een fysieke afkeer van hun vellerige lichamen en de geur die bij oud hoort en die zich niet weg laat wassen.

En zo zijn er jaren van mijn leven verloren gegaan. Jaren waarin ik ze ouder zag worden maar zelden ziek,

waarin ik hun boodschappen deed, hun huis schoon-
maakte en hun medicijnen klaarlegde terwijl een paar
straten verder mijn dochter als ze uit school kwam in
haar eentje de thee dronk die ik in een thermoskan
had klaargezet.

Toen vader een hartinfarct kreeg veranderde hij in
een bangelijk mens, geconcentreerd op zijn lichaam,
de telefoon om de dokter te bellen binnen handbereik. Een kwelling voor zijn huisarts en diens waar-
nemers die bij nacht en ontij kwamen opdraven om
hem met zuurstof en injecties weer op te lappen tot de
volgende inzinking, terwijl moeder als een schim op
de achtergrond probeerde de controle te houden.

'Heeft hij werkelijk zijn pillen al geslikt?' 'Moet je
hem niet weer eens laten plassen?'

Het slappe, rimpelige lid van vader in het urinaal
duwen, de smerige geur van pis vermengd met medicijnen, er is minder voor nodig om iemand te gaan
haten.

En al die tijd was ik de dochter die zorgde, terwijl
de andere dochter het licht in hun leven was.

Op de onregelmatige bezoekjes van Flor teerden ze
weken.

Moeder wilde dat ik haar haar waste als Flor werd
verwacht.

Vader leefde op zodra hij de eerste stap hoorde die
ze in huis zette.

'Is dat Flor? Is Flor daar al? Flor, ben jij het?' Half
opgericht in bed, een koortsige gloed op zijn wangen.

Haar bezoek werd uitentreuren besproken, elk

woord dat ze gezegd had, de kleren die ze aan had gehad, de bonbons die ze had meegebracht en waarmee ze zo lang mogelijk deden, waarna ze het doosje bewaarden.

Niets is zo kostbaar als een zeldzaam goed, niets wordt zo veronachtzaamd als wat dagelijks binnen handbereik is.

Het is een wijsheid die niet moeilijk te begrijpen is, maar het duurde jaren voordat ik er uit mijzelf achterkwam.

Ik verdenk Flor ervan dat ze als ik met Barber de deur uit ben razendsnel in kasten en laden kijkt om te checken of er waardevolle spullen van vader en moeder liggen.

'Wat is er toch met die bontjas van moeder gebeurd?' vraagt ze.

'Kledingbank,' zeg ik.

Ze gelooft het niet, en ik voel mij niet verplicht in details te treden.

Maar zelden heb ik met zoveel plezier afstand van iets gedaan als van het bontje van moeder, waarvoor ze met vader alle bontzaken in de wijde omgeving is afgegaan, om uiteindelijk in de uitverkoop een afgeprijsd want niet meer gangbaar model te kopen dat vanaf dat moment haar trots en glorie werd.

De jas geurde naar Shalimar van Guerlain, moeders lievelingsparfum nadat ze ooit een restje van Flor had gekregen, en gaf haar een allure die alleen in haar verbeelding bestond.

De vrouw van de kledingbank die de jas van mij overnam vroeg drie keer of ik het wel zeker wist. Maar ik wist het zeker, sterker nog, ik was bijna euforisch toen ik zonder de jas de winkel uit stapte en mij verbeeldde hoe moeder gekeken zou hebben als ze dit had geweten.

'Die meubels,' zegt ze een andere keer. 'Daar zaten toch wel leuke dingen bij. Wat heb je daarmee gedaan?'

'Kringloop,' zeg ik.

Dit keer gelooft ze mij.

'Was er dan niets wat je wilde houden?'

Een stupide vraag van iemand die er werkelijk niets van begrijpt. Aan alles in dat huis en daardoor ook aan mij kleefde de zwaarte van een tijdperk dat te lang had geduurd en dat ik het liefst van mij af had willen schrobben.

De vraag of ik iets begeerd had wat mijn ouders had toebehoord was lachwekkend.

Of hun meubels waarde hadden is eenvoudigweg niet in mij opgekomen. Afkeer was de enige emotie die ik voelde als ik in het huis rondliep waar de herinnering aan mijn ouders bijna tastbaar was.

Het enige wat ik na hun dood heb bewaard zijn de lakens met de geborduurde randen, die ze erfden van een oudtante en nooit gebruikten omdat dat zonde was.

Dingen slijten in het gebruik, bij het onderhoud ervan, in de wasmachine, of ze slijten domweg omdat ze bestaan, maar daar wilden mijn ouders niet aan. Hun zuinigheid verbood hun het gebruik van mooie of aangename zaken, stom van ze maar de Kringloopwinkel was zeer verheugd en terecht, de bezittingen van mijn ouders zagen er bijna ongebruikt uit, ik weet zeker dat ze binnen een week alweer in een ander huis stonden.

'En de sieraden?'

'Verkocht,' zeg ik, en omdat ze niet ongelovig kijkt weet ik nu zeker dat ze inderdaad in mijn kasten heeft gesnuffeld en nergens ook maar één sieraad van moeder is tegengekomen.

Ik heb haar sieradenkistje omgekeerd in een plastic pedaalemmerzakje dat ik bij een juwelier over de toonbank schoof.

Hij werd er een beetje schichtig van, misschien heeft hij nadat de deal gesloten was op internet gekeken of de gouden ringen, armbanden en broches met halfedelstenen als 'gestolen' te boek stonden.

Ik weet zeker dat ik er veel te weinig voor gekregen heb, en ook dat was een vorm van genoegdoening.

Mijn ouders hadden gezwollen vingers toen ze overleden. Artritis of gewoon ouderdom, ik heb geen idee, maar de trouwringen knelden, en vooral die van moeder was verzonken in een loopgraaf met wanden van vurig vlees.

De begrafenisondernemer zei dat hij de ringen los kon snijden, hij zei erbij dat zoiets heel behoedzaam gebeurt, maar ik heb 'Laat maar zitten' gezegd, want dit ging zelfs mij te ver.

Het valt mij op dat Flor niet vraagt wat ik met het geld heb gedaan, en dat is jammer, want dat heb ik in een collectebus van het Leger des Heils gestopt, op weg naar huis.

Een bibberende heilsoldate stond bij een grote kerstboom op de markt en hield zonder veel hoop de bus voor mijn borst, waarna ik er slordig de briefjes van honderd in propte terwijl zij steeds angstiger keek. Alleen gekken doen zulke dingen en van een gek kun je alles verwachten.

Hoe dan ook voelde ik mij schoon toen ik thuiskwam.

Het huurhuis waarin mijn moeder als laatste had gewoond was leeg, over de planten hadden de buren zich dankbaar ontfermd en alles wat ik in kasten en laden had aangetroffen had ik, voordat ik de meubels door de Kringloop liet ophalen, in een kleine container gegooid die ik zelf betaalde omdat ik vergeten was er geld voor te reserveren.

De eerste huurders in spé hadden zich inmiddels gemeld. Het leven gaat door en wat mij betrof kon dat niet snel genoeg gaan.

Al die tijd geen teken van leven van Flor, die onmiddellijk na de begrafenis van moeder vertrokken was nadat we kort en kil afscheid van elkaar hadden genomen.

Ze wist dat ik een huis moest ontmantelen, maar als het al in haar opkwam dat ik daar misschien wat hulp bij zou kunnen gebruiken dan wist ze dat goed te verbergen.

De eerstvolgende keer ontmoette ik haar bij de notaris, er was niet veel te erven, een paar duizend euro op de gezamenlijke bankrekening van onze ouders.

Zij heeft haar deel geïnd, ik heb het mijne gestort op rekeningen van Greenpeace, Amnesty, Wereld Natuurfonds en Artsen zonder Grenzen, stuk voor stuk organisaties waarover mijn vader altijd met grote minachting sprak als over bemoeials die denken dat ze de wereld kunnen verbeteren.

Nu zit Flor opgerold in de luie stoel voor de televisie naar een nieuwsprogramma te kijken, terwijl ik aan de eettafel probeer mijn aandacht te houden bij een artikel over golfbewegingen in de wereldeconomie.

Tot Flor ineens een vraag stelt die mij treft vanuit een hinderlaag.

'Waarom was moeder zo bang voor jou, dat laatste jaar na pappa's dood?'

Ik neem de tijd. Schuif de krant van mij af.

Op de tv spreekt een vrouw die ik niet kan verstaan. Ze heeft rood haar dat glanst in het licht van de televisielampen.

Flor pakt zonder haar ogen van mij af te wenden de afstandsbediening van de grond en richt hem op het beeld.

'Mmm tja...' zegt de vrouw voordat ze verdwijnt.

'Hoe kom je op dat idiote idee,' zeg ik.

'Ze was doodsbang. De laatste keer dat ik haar zag heeft ze mij gesmeekt om haar mee te nemen. Iedere keer als jij de kamer binnenkwam kromp ze in elkaar.'

'En jij hebt niet gevraagd waarom ze zo bang was voor mij?'

'Dat heb ik wel gedaan, maar dan kwam jij steeds binnen. Volgens mij wilde jij niet dat ik alleen met haar was.'

Ze heeft gelijk.

Die middag hoort bij de herinneringen die zich niet laten verwijderen uit mijn geheugen.

Moeder en Flor aan de eettafel bij de openslaande deuren naar de achtertuin. Er hangt een ketting van pinda's, die zacht beweegt in de wind. Het is voorjaar, een beetje het weer zoals het vandaag is geweest en dat te maken heeft met nieuw leven en hoop.

Maar niet voor moeder, die sinds vaders dood iedere dag dat ze afhankelijk was van mijn hulp vervloekt moet hebben, machteloos als ze was. Want vader had het laatste restje energie, het laatste restje wil om te leven met zich mee de dood in genomen. Ze had zelfs niet meer de kracht om aan de dokter een plekje in een verzorgingshuis te vragen zodat ze van mij af zou zijn.

Maar Flor smeekte ze om haar mee te nemen, bij mij vandaan, omdat ik in haar ogen sinds de nacht dat vader stierf de belichaming van het Kwaad was geworden. Natuurlijk ging Flor er niet op in, ze keek wel uit, en het zou ook niet gekund hebben. Het huis van mijn ouders was ingesteld op het stadium dat aan de dood voorafgaat, van de incontinentieluiers in de kast tot de po en het looprek. Maar er was nog iets, wat ik alleen in mijn zwakste momenten aan mijzelf durf toe te geven, en wat de reden is dat ik dat laatste jaar samen met haar ben aangegaan.

Tot het moment waarin na een rochelend ademen de stilte van de eeuwigheid volgde, heb ik gehoopt op een woord, één enkel woord, van een moeder voor haar dochter. Of nee, een glimlach zou voldoende geweest zijn, of haar rimpelige hand op de mijne, het zou het bitter van al die verdoemde jaren verzoet hebben, de erkenning zijn geweest van mijn geboorte uit haar lijf.

Maar ze wendde haar ogen die wijdopen van angst waren af van de mijne en richtte ze op de verpleegkundige.

Mijn zuster kijkt nog steeds naar mij, haar ogen iets vernauwd, alsof ze een onthulling verwacht.

'En jij dacht niet als liefhebbende dochter: als mijn moeder zo bang is voor mijn zuster dan neem ik haar mee naar mijn huis?'

Het uitdagende verdwijnt uit haar ogen, ik heb een tere snaar geraakt, de snaar van haar egocentrisme. Uit de buurt blijven zolang er gezorgd en opgeofferd moest worden en dan nu met zo'n zielig verhaal aankomen.

'Ik weet zeker dat ze bang was.' Haar stem klinkt een stuk minder zelfverzekerd.

'Moeder was in de war. Ze heeft niet kunnen verwerken dat vader er niet meer was. Logisch als je zo lang samen bent geweest,' zeg ik.

Het is een vriendelijke zin, een zin waarmee je iemand de hand reikt, iemand een makkelijke uitweg biedt zonder gezichtsverlies, en ze accepteert hem dankbaar.

'Ach ja, natuurlijk, zoiets is het geweest.'

Ik trek de krant naar mij toe en zij doet de televisie weer aan. Een man heeft zijn handen om de hals van een vrouw die met doodsangst in haar ogen voor hem staat. Zijn handen maken een klein beweginkje en ze glijdt als een lappenpop tussen zijn vingers door op de grond.

Ik kijk onopvallend naar mijn zusje. Ze is alweer drie netten verder gezapt, haar hoofd tegen de rugleuning van de stoel, tussen haar blonde haar schemert het bleke van haar hals.

Moeder wás bang voor mij, op een andere manier dan ik het vroeger voor haar was, maar zeker net zo erg. Een angst die ontstaan is in die nacht met vader, en die sindsdien nooit meer uit haar ogen is verdwenen.

'Kan ik nog een tijdje blijven?' vraagt Flor. 'Ik heb Maarten vanochtend gesproken; de flat die hij wilde huren is niet doorgegaan en hij is niet van plan om te vertrekken voordat hij iets anders heeft. Als ik haast heb moet ik zelf maar iets zoeken, zegt hij.'

'Doe dat dan,' zeg ik.

Ik negeer haar gezwollen roodomrande ogen. In mijn hele leven heb ik nooit iemand ontmoet die zoveel voor elkaar kreeg met tranen als mijn zusje.

'Geen geld,' snuft ze.

'Als je in dat huis blijft moet je toch ook huur betalen.'

'Maar geen verhuiskosten en al die andere dingen die erbij komen.'

Ze dept tranen weg, voorzichtig, zodat haar mascara niet doorloopt.

'Hoe kan het dat je geen geld hebt, je had toch een baan?'

Ik ben werkelijk meedogenloos.

'Al een jaar niet meer. Maarten vond het wel lekker, dat ik thuis was. Ik ging vaak mee als hij reportages in het buitenland maakte. We hadden het zo leuk samen, voordat die slet de boel verpestte!'

'Heb je daarvoor die dure opleiding gedaan?' zeg ik.

Ze veert overeind.

'Ik heb er nooit om gevraagd om te mogen studeren. Jij had de hersens maar jij maakte liever het huis schoon. Pa en ma zeiden het zelf, laat die maar poetsen, die heeft geen ambities. Met mij wilden ze opscheppen.'

Ik hap naar adem. De opmerking van Flor komt aan als een stoot in mijn maag, maar zij praat alweer door, er moet heel wat meer gebeuren wil het haar aandacht trekken.

'Ik heb nog niet eens mijn tweede jaar gehaald.'

Ik graaf in mijn herinnering. Met de beste wil van de wereld kan ik mij niet herinneren dat er door mijn ouders ooit gepraat is over Flor als dropout. Tegen kennissen die op bezoek kwamen werd de rechtenstudie van Flor breed uitgemeten. Er kon geen rechter in het televisiejournaal verschijnen of mijn ouders veerden op. Nog even en Flor zou voor het oog van de camera's haar vonnissen uitspreken.

Ze raadt mijn gedachten.

'Natuurlijk heb ik het thuis niet gezegd. Ik had een kamer die pa betaalde, ik verdiende een beetje bij, en af en toe belde ik hem om te zeggen dat ik een tentamen gehaald had. Die lieverd geloofde alles wat ik zei. Ik had die jaren voor geen goud willen missen.'

Ze is al over het ergste verdriet heen, zie ik. Nog steeds het kind dat aan een beetje afleiding genoeg heeft. Op je knie gevallen? Zing maar een liedje schat, dan gaat het wel over.

'Dus kan ik langer blijven?'

'Ik moet erover nadenken,' zeg ik en loop de kamer uit.

Ik heb mijn dag niet. De pijn in mijn arm wordt erger in plaats van minder en ik moet mij wel heel erg vergissen wil ik geen oedeem hebben, terwijl ik toch een paar keer per dag de massage toepas die de huidtherapeut mij heeft geleerd.

Ik moet geduld hebben, heeft hij gezegd. Maar het verveelt mij mateloos dat ik mijn lichaam niet kan gebruiken zoals ik wil.

En alsof dat niet genoeg is zijn er nu ook nog de woorden van Flor, die als zuur in mijn maag branden, 'Laat die maar poetsen, die heeft geen ambitie...'

Is het werkelijk zo simpel geweest om een kind weg te zetten, zoals je een groene bak de tuin uit rijdt en bij de boom zet?

Maar ik kan het mij niet veroorloven er veel tijd en aandacht aan te besteden, er zijn op dit moment belangrijker zaken in mijn leven. Gees bijvoorbeeld. Maar ook Tess, met wie iets aan de hand is en die weigert erover te praten. Zo treurig heb ik haar nooit eerder gezien, zelfs niet toen ze na de laatste mislukte IVF besloot om zich te laten steriliseren, waarmee ze afstand deed van de hoop maar ook van de teleurstelling die er telkens op volgde, omdat ze nu tenminste zeker wist dat er nooit meer een kind zou kunnen komen.

Ik heb Tess sinds de dag dat ik uit het ziekenhuis kwam, niet meer gezien. Als we elkaar bellen, bijna iedere avond en vaak lig ik dan al in bed, is er iets in onze gesprekken wat niet klopt, maar wat ik niet benoemen kan. Ik zou bijna denken dat het aan mij ligt; de kanker heeft mij uitgekozen en dat voorrecht heeft mij buiten de gemeenschap van normale, van niet-zieke mensen geplaatst.

Zoiets kan een vriendschap veranderen, ik heb vaak genoeg gelezen dat mensen met wie het slecht gaat hun vrienden verliezen, alsof ze een besmettelijke ziekte hebben.

Doodziek zijn en dan ook nog gemeden worden, het schokt mij als ik zoiets lees. Maar dat Tess in die valkuil is getrapt kan ik eerlijk gezegd niet geloven. Tenslotte is er ook nog die andere mogelijkheid, dat Tess degene is met een probleem.

En ik denk aan het violet van slapeloze nachten onder haar ogen.

Deze middag, waarop ik een zonnende Flor in een bikinibroekje ontvlucht, op de loop ga voor twee borsten waarin nooit een mes is gezet, die nauwelijks de neiging hebben te hangen, en uitdagend en schaamteloos met z'n tweeën zijn, deze middag dus pak ik de fiets. Ik zit erop als een oude juffrouw, fier rechtop, mijn rechterhand aan het stuur, mijn linkerhand steunend in de zak van mijn linnen jasje, een houding die meer zekerheid uitstraalt dan ik in voorraad heb.

Na tien minuten besef ik dat ik overmoedig bezig

ben. Te veel tegenwind, een meedogenloos brandende zon, te weinig conditie, vooral dat laatste.

Een man in een korte vormeloze broek, ik zie trossen blauwe aderen op zijn witte benen, leunt in zijn voortuin aan de rand van een minuscuul grasveldje op zijn spade.

'Nog langzamer en je valt om!' roept hij terwijl ik hem op loopsnelheid passeer.

Het is iets wat ik zelf ook heb bedacht, en ik probeer meer vaart te zetten, duizelig van het zonlicht en de inspanning.

Tien minuten later fiets ik over knarsend grind naar de witgepleisterde, strogedekte villa van Tess. Ik mik mijn fiets tegen de muur naast de voordeur en sta tegenover Tess als ik mijn hand uitstrek naar de bel.

'Heb je snel gedaan,' zegt ze. 'Sneller dan Flor aan de telefoon kwam. Stom toeval, ik belde je om te vragen of je zin had om langs te komen en jij was al onderweg. Heb je je mobiel niet bij je?'

Ik heb hem inderdaad onderweg tegen mijn dijbeen voelen trillen, maar met één hand mijn leesbril uit mijn schoudertas halen om vervolgens al fietsend een berichtje op mijn mobiel te lezen ging mijn mogelijkheden te boven. En afstappen was het laatste wat ik wilde, bang als ik was daarna geen vaart meer te kunnen maken.

'Fijn dat je er bent,' zegt ze terwijl ik achter haar aan loop, de gang met antieke plavuizen door en rechtstreeks de achtertuin in. Voor zover je het parkachtige gebeuren achter haar huis nog 'tuin' kunt noemen.

We gaan op het terras bij het zwembad zitten, en Tess verdwijnt naar de keuken omdat ik liever mineraalwater wil dan de witte wijn die in een koeler klaarstaat op een elegant tafeltje onder een parasol, samen met wat kristallen glazen.

Ze komt terug met een karaf mineraalwater waarin ijsblokjes en schijfjes limoen drijven, zet die met een longdrinkglas voor me neer en schenkt zichzelf, nog steeds staand, een glas wijn in.

Druppels condens verschijnen op haar glas terwijl ze drinkt.

Ze draagt een jurk die ik niet ken, aan de voor- en achterkant even diep uitgesneden. De rok, met splitten tot halverwege haar dijen, laat als ze beweegt veel bruin glanzend been zien. Het soort bruin dat je krijgt door je dagelijks een aantal keren bij je zwembad op te houden. Aan Tess kun je zien wat je met geld kunt bereiken. Ze is eerder doorsnee dan mooi, maar dure crèmes, schoonheidsspecialistes, topkappers en luxe kuuroorden maken haar meer dan gemiddeld aantrekkelijk.

Zoals ze nu in de tuinstoel zit, haar glas wijn nonchalant in haar hand, lijkt ze te poseren voor zo'n glossy die ik altijd gefascineerd en met een zekere afgunst doorblader.

'Waarom wilde je dat ik kwam?' vraag ik.

De schaduw op het terras geeft niet genoeg koelte aan mijn verhitte lijf, mijn ogen deinzen terug voor de schittering van het zonlicht.

Het liefste zou ik naar binnen gaan, de koele zitkamer in, gordijnen en ogen dicht. Ik zou meteen in slaap vallen.

'Omdat ik met je moet praten,' zegt Tess.

Ze haalt diep adem.

'Mijn geld is weg.'

Ik kijk haar aan terwijl ik probeer te begrijpen wat ze zegt.

Verderop in de tuin buigt Petrus zich over bloembakken. Een autochtoon uit de tijd toen deze wijk nog niet in handen van projectontwikkelaars was gevallen en bestond uit arbeidershuisjes. Een door weer en wind gegroefde man, die steevast in zijn handen spuugt als hij de spade oppakt om te gaan spitten en de inhoud van zijn koffiebeker tussen de struiken slingert als die niet sterk genoeg is naar zijn zin.

Praten doet hij nauwelijks, maar werken des te meer, en dat is iets waar Anton van houdt als het mensen betreft die door hem betaald worden.

Een gladgeschoren gazon, een border waarin behalve de hortensia's een overdaad aan rozen bloeit, bloembakken die gevuld zijn op een manier die je alleen maar in het duurdere tuinboek tegenkomt, en geen sprietje onkruid tussen de Italiaanse tegels.

Voor Anton is de tuin zijn visitekaartje. De mensen moeten in één oogopslag kunnen zien dat het hem voor de wind gaat.

Hoe ik in dit weelderige geheel de opmerking van Tess moet plaatsen is mij niet duidelijk.

Ze heeft me tot nu toe niet echt aangekeken, en dat doet ze nog steeds niet.

Ze zit voorovergebogen, haar kleine stevige borsten royaal zichtbaar tot waar ze verstopt zitten in een kanten behaatje in de kleur van haar jurk.

Ik zal het grootste deel van mijn zomerkleren weg moeten doen, realiseer ik mij. Allemaal te laag, de afwezigheid van een borst te duidelijk. Zelfs met de prothese die ik eerdaags zal hebben, zal duidelijk te zien zijn dat mijn linkerborst niet the real thing is.

Hetzelfde geldt, nu ik erover nadenk, natuurlijk voor mijn bikini's.

Maar wat maakt het uit, ik zal nooit meer met Tess en de andere vriendinnen aan de rand van een zwembad te zitten, mijn ziekte zal de problemen op dat gebied oplossen voordat ze werkelijkheid kunnen worden.

'Sorry Tess,' zeg ik, 'ik kan je even niet volgen. Je geld is weg? Ik begrijp niet wat je bedoelt.'

Ze komt overeind en maakt een theatraal gebaar met haar handen.

'Weg. Verdwenen.'

'Hoe kan dat nou!'

'Ik wilde een huisje kopen, zo'n oud boerderijtje in Toscane. Het zou goed zijn voor ons huwelijk als Anton en ik er af en toe eens samen uit zouden zijn. Zo leuk hebben we het niet meer met elkaar. Ik kon het volgens mij makkelijk betalen. Maar Anton kreeg een fit toen ik erover begon.'

'En je hebt zoveel geërfd!'

'Dat zei ik ook. Maar volgens hem is daar nauwelijks meer iets van over. Het huis. Het onderhoud. De auto's. De kleren. En de zaak natuurlijk.'

Ik laat het even op me inwerken.

Exacte bedragen weet ik niet, maar als Tess 'veel geld' zegt heeft ze het niet over twee ton.

'En nu?'

Ze haalt haar schouders op. 'Geen idee.'

Ze is aan haar derde glas wijn bezig, ik zie aan haar ogen dat het niet goed valt, en ik hoor het aan haar stem.

'Echt, ik weet het gewoon niet, laten we daar maar op drinken.'

Ze heft haar glas in een mislukte poging tot luchtigheid.

Ze denkt toch niet echt dat ik nu mijn glas water omhoog ga houden?

'Weet je wel zeker dat je Anton goed begrepen hebt? "Geen geld" kan van alles betekenen. Dat jouw geld in een deposito zit, dat er aandelen van gekocht zijn. En misschien heeft hij niet zo'n trek in een boerderijtje in Toscane. Je hoeft toch niet meteen het allerergste te denken?'

'En als het nou eens wél het allerergste is?'

'Daar kom je pas achter als je het uitgezocht hebt. Je had toch allang eens naar jouw bankafschrijvingen kunnen kijken?'

'Ik zou niet weten hoe,' zegt ze. 'Anton doet de bankzaken, ik heb mij er nooit mee bemoeid. Waarom zou ik mijn eigen administratie bijhouden, ik ben toch niet voor niks met een accountant getrouwd? Hij heeft mijn bankcode, als er iets overgeschreven moet worden van mijn geld doet hij het, of iemand van kantoor, weet ik veel. Als ik nu ineens naar afschrijvingen informeer, denkt Anton dat ik hem niet vertrouw.'

'Kom nou. Een accountant die niet begrijpt dat mensen graag willen weten waar hun geld is gebleven?'

'Ik ben niet "mensen"... ik ben zijn vrouw.'

Ik zwijg.

De ijsblokjes in mijn glas zijn gesmolten, en als ik het deksel van het nuffige ijsblokjeskoelertje haal, blijkt de inhoud uit water te bestaan. Ik zucht. Ik haat lauwe drankjes op een warme dag. Wat ik ook haat zijn stomme mensen. Bijvoorbeeld mensen die hun bankcode aan een ander geven en daarmee de toegang tot een berg geld. Je moet verdomd sterk in je schoenen staan wil je daar niet af en toe gebruik van maken, en dan zeg ik het nog netjes. Over wat een man als Anton doet in zulke omstandigheden heb ik weinig illusies.

'Oké Tess, dus aan Anton om uitleg vragen wil je niet, daar komt het op neer. Maar je hoeft de bank maar te bellen en jouw naam te noemen, en een of andere manager staat klaar met alle informatie die je hebben wilt.'

'Hoe denk je dat het overkomt? Vrouw van plaatselijk bekende accountant vraagt achter de rug van haar man om informatie over haar bankzaken. Hoelang denk je dat het duurt voordat Anton erachter komt?'

'Met andere woorden, je laat het erbij zitten? Oké Tess, dat is ook een optie.'

Ze kijkt mij aan, haar ogen focussen zich op de mijne. Kennelijk was ik even buiten beeld.

'Wat kan ik anders doen? Als ik pech heb ben ik vanaf nu zo'n vrouw als al die andere vrouwen die hun hand moeten ophouden bij hun man. Anton, mag ik alsjeblieft een nieuwe cabrio? Mijn vader zou zich omdraaien in zijn graf.'

'Hij is gecremeerd,' zeg ik. 'Maar je hebt kans dat hij aan het strooiveld weet te ontsnappen en dan kun je hem zeker eerdaags verwachten om het Anton moeilijk te maken. Als daar tenminste reden toe is.'

Ze schudt langzaam haar hoofd.

'Wat je niet begrijpt is dat ik van die klootzak hou!'

Ze staat op en loopt naar de koeler.

'Niet doen, Tess,' zeg ik.

Ze draait zich om en leunt tegen de tuintafel. Er zitten vlekken op haar jurk, water of witte wijn, ze kijkt wazig naar me.

'Oké, je houdt van hem, je wilt hem niet beledigen met het stellen van een paar simpele vragen, maar wat doe ik verdomme dan hier, Tess, behalve lauw mineraalwater drinken en hoofdpijn krijgen van de warmte.'

'Ik wilde jouw raad, ik hoopte dat je iets zou bedenken waar Anton niet achter kan komen.'

'Huur een helderziende in,' zeg ik.

We zitten zwijgend tegenover elkaar. De zon is van positie verschoven, al denk ik dat het geen wetenschappelijk verantwoorde uitspraak is. Hoe dan ook, ik krijg er al minder last van. Het begint zelfs aangenaam te worden, met een zachte wind die langs mijn armen strijkt.

'Er is nog iets,' zegt ze. 'Van dat geld wist ik een maand geleden al, ik wilde jou er niet mee lastig vallen, je had genoeg aan je hoofd. Maar er is nog iets. Iets wat ik mij ben gaan realiseren toen Anton zei dat ik bijna geen geld meer over heb. Hij is voor mam zaken gaan regelen na de dood van pappa. Adviezen over beleggingen, dat soort dingen. Ze was hem zo dankbaar dat hij dat wilde doen, hij nam een last van haar schouders, zei ze. Een accountant als schoonzoon, dan zit je toch goed zou je zeggen. Maar ze liet wel weinig na, Marg. Verdomde weinig. Ik heb er toen verder niet bij stilgestaan, je weet hoe erg ik het vond dat ze er niet meer was. Maar nu heb ik daar ook mijn vragen over.'

Het zal wel door de warmte komen dat ik niet doorheb waar ze heen wil met haar verhaal, en ik kijk haar vragend aan als ze ophoudt met praten.

'Begrijp je het dan niet?' zegt ze. 'Ik ben bang dat Anton daar ook iets mee te maken heeft.'

'Hij deed haar administratie dus ook? Met haar bankcode, precies zoals bij jou?'

Ze schudt haar hoofd.

'Mam vertrouwde computers niet. Ze schreef zelf haar betalingen uit. Ze zou nooit een code uit handen geven, zelfs als ze die gehad zou hebben. Wantrouw iedereen als het om geld gaat, dat heeft pappa er goed ingestampt bij haar.'

'Dus van jouw moeder zijn nog wel ergens papieren bankafschriften?'

Ze knikt. 'Maar wel in Antons kantoor, het controleren en in ordners stoppen gebeurde daar, daar was mam zo blij mee.'

'Als ik het goed begrijp,' zeg ik, 'moeten we jóuw probleem laten rusten uit piëteit voor de klootzak van wie je houdt. Sorry Tess, het zijn jouw woorden, maar we kunnen wel proberen uit te zoeken waarom jouw moeder zo weinig geld achterliet.'

'Alleen als Anton er niets van merkt. Maar dat lukt wel. Hij is zo vaak weg. Hele dagen, avonden, tijd genoeg om zelf op zoek te gaan in zijn kantoor. Wil je me helpen, Marg? Alsjeblieft?'

Ik zeg maar niet dat ik haar de hele tijd al heb willen helpen, maar dat iedere poging daartoe door haarzelf werd afgeblazen.

In plaats daarvan knik ik.

'Waarschuw me als je zeker weet dat hij een tijd weg is.'

Ze werpt een verlangende blik op de koeler, haar vingers frummelen nerveus aan de stof van haar rok.

'Ik reken op je,' zegt Tess als ik met mijn fietssleuteltje in mijn hand bij de voordeur sta.

Haar stem is omfloerst, er hangt een geur van zweet en drank om haar heen en ze loopt op blote voeten omdat ze angstaanjagend begon te wankelen op haar high heels.

'Ik moet zeker weten dat Anton...'

Ze laat het erbij en meer is ook niet nodig. Ik wil ook zeker weten dat Anton geen vuile streekjes heeft uitgehaald, maar waar Tess op ontkenning van haar vermoedens hoopt, ben ik op zoek naar bevestiging.

Wat een pech voor Anton als een idyllisch boerenhuisje in Toscane hem de das om zal doen. Wat een tegenvaller dat zijn blonde vrouwtje ineens geïnteresseerd is geraakt in zoiets prozaïsch als haar bankrekening.

Ik fiets langzaam langs enorme villa's, voor een deel verscholen achter bosschages, op weg naar de wereld van mensen zoals ik, waar de eerste en de laatste dag van de maand een speciale betekenis hebben. Waar loonstrookjes, uitkeringen en belastingvrij bijverdienen de hoofdrol in levens vervullen.

Wat overigens niet wil zeggen dat de mensen daar moreel hoogstaander zijn; wie het in zich heeft anderen een loer te draaien zal ook daar zijn slag weten te slaan.

In een opwelling stap ik van de fiets als ik een parkje passeer, niet meer dan een groot grasveld met voetgangerspaden en verspreid een paar enorme beuken.

De zon is gezakt en schijnt laag door het groen dat de takken bedekt.

Op het verharde pad zijn een paar jongetjes aan het skaten, grote zwarte flappen over hun knieën gebonden.

Ze komen strompelend vooruit en houden zich aan elkaar vast, waar ze zo te zien niet echt iets mee opschieten.

Verder weg loopt een vrouw met een hond die om haar en de kinderwagen heen dartelt en waarover ze een paar keer struikelt.

Ik zet mijn fiets tegen een bankje en ga ernaast zitten. De wind is aangenaam fris tegen mijn warme huid, ik zou hier uren willen doorbrengen maar Flor zal niet weten waar ik blijf. Niet dat ze zich ongerust zal maken, maar vreemd zal ze het wel vinden dat ze mij niet kan bereiken. Ik heb mijn mobiel uitgeschakeld.

Bewijzen vinden is één ding, denk ik terwijl ik opsta en met mijn fiets het parkje uit loop. Wat er daarna gebeuren moet is een stuk ingewikkelder. Ik mag dan in sommige opzichten slim zijn, Anton is ongetwijfeld een stuk slimmer, daar heeft hij voor gestudeerd.

Flor is op het idee gekomen om alvast iets aan het eten te doen, alle ingrediënten voor een gezonde maaltijdsalade liggen uitgespreid op het aanrecht.

Met betraande ogen kijkt ze op van het snijden van sjalotjes als ik de keuken binnenkom.

Ze heeft een dunne sweater over haar blote borsten aangetrokken, een rafelige jeans en open sandalen waaruit haar tenen met felrood gelakte nagels steken. Haar gezicht is vurig rood en een beetje opgezet, met witte kringen waar haar zonnebril heeft gezeten.

Niet iemand die mooi bruint, het verschaft een lichte voldoening.

Barber, die verwachtingsvol bij zijn etensbak zit, komt overeind en draait kwispelend rondjes om me heen.

'Ik had al klaar willen zijn,' zegt ze, 'maar ik heb een tijd met Gees gebeld. We gaan morgen shoppen, ze heeft niets meer voor de zomer, zegt ze. Hou je haar zo krap?'

'Als Gees iets nodig heeft kan ze het aan mij vragen, ze komt niets tekort,' zeg ik pinnig, terwijl ik op mijn hurken zit en Barber streel.

Het voelt als verraad dat mijn dochter over zulke dingen praat met haar tante. En van wie is het idee om samen te winkelen afkomstig?

'Je boft maar met zo'n dochter.' Flor schuift de gesnipperde sjalot in een kommetje, wast haar handen met zeep, boent de snijplank af en dept met de theedoek haar tranende ogen. 'Meisjes van die leeftijd kunnen zo afstandelijk zijn, maar met Gees heb je meteen contact.'

Misschien is het voor Flor niet meer dan een terloopse opmerking, maar het is een klap in mijn gezicht. Als iets een groeiend probleem is, is het mijn contact met Gees, of eigenlijk is het andersom. Ik wil best praten, maar hoe meer ik zeg hoe minder ze reageert.

Ik merk dat Flor naar me kijkt, iets in haar gezicht verraadt dat ze bezig is uit te zoeken wat ik weet van Gees, hoe vertrouwelijk we zijn, hoe ver onze moeder-dochterrelatie gaat.

Wat heeft Gees verteld, tijdens de vriendinnengesprekken die ze met mijn zus heeft en die mij met zo'n diep wantrouwen vervullen?

Weet Flor dat ze altijd een vaderskindje is geweest? Dat Huib haar op de rand van haar bed voorlas? Dat ze naar haar vader liep als ze pijn of verdriet had en nauwelijks met mij wilde praten toen Huib wegging, alsof het mijn schuld is dat hij voor een man gekozen heeft?

Haar verdriet toen ze hoorde dat ik kanker had overviel mij, maar ik schreef het toe aan haar angst om opnieuw een ouder te verliezen. Amateurpsychologie, ik geef het onmiddellijk toe, maar zoiets moet het wel geweest zijn.

'Wil je wat drinken?' vraagt Flor, en nu pas zie ik het halfvolle wijnglas staan. Wit. Sinds de vrouwenthrillers populair zijn, ken ik geen vrouw meer die om rood durft te vragen.

Maar ik ben te moe om te drinken, mijn hoofd is te vol van alles wat ik deze middag heb gehoord.

'Ik ga even binnen zitten, Flor. Ik ben ineens zo moe. Lief dat je voor het eten zorgt.'

Ik loop de kamer in; ik ben vanochtend vergeten de rolgordijnen te laten zakken en Flor heeft er kennelijk ook niet aan gedacht. Het is bloedheet, de lucht komt traag en dik mijn neusgaten in.

Ineens weet ik niet wat ik moet doen om mij weer goed te voelen. Ik sta midden in de kamer, verlamd van vermoeidheid, en zo blijf ik staan totdat Flor roept dat de salade klaar is.

Ik loop vroeger dan normaal mijn laatste ommetje met Barber. Het is een goede avond voor hem, eerst komen we de enorme Berner sennenhond van twee huizen verder tegen en daarna de nuffigste golden retriever die ik ooit heb gezien. Barber is gek op allebei, zodra hij ze ziet begint hij driftig tegen struiken aan te plassen. Tussendoor loopt hij om ze heen en onder ze door, niet wetend aan welk deel van deze heerlijkheden hij de meeste aandacht moet besteden. Ooit, als volwassen hond, zal het tot hem doordringen dat hij met zijn formaat geen partij is voor zulke hoog op de poten staande dames. Zie er maar eens bovenop te klimmen. Zo hebben we allemaal onze beperkingen.

Weer thuis geef ik hem een hondenkoekje waarna we samen naar boven gaan.

Flor laat ik achter bij de televisie, waar ze een oude film met Matt Damon in de dvd-speler heeft gestopt. *The talented mister Ripley.* Ze reageert nauwelijks als ik zeg dat ik naar bed ga.

Het voelt als een ontsnapping. Ik weet zeker dat ze op de relatie tussen Gees en mij terug zal komen, en ik heb op dit moment mijn buik vol van moeilijke vragen.

Ik heb besloten het shoppen met Gees te negeren.

Een besluit dat ik tijdens een slapeloze nacht heb genomen.

Ik sterf liever dan dat ik Flor de gelegenheid geef enthousiaste verhalen te vertellen over haar uitstapje met mijn dochter.

Dus omzeil ik de rij draagtassen in de gang, wandel de keuken in en zeg 'Goeiemorgen' tegen haar, waarna ik naar het aanrecht loop om theewater op te zetten. De pot thee die zij iedere ochtend zet, en waaronder meestal het waxinelichtje gedoofd is als ik beneden kom, negeer ik.

Mijn dag komt niet meer goed als ik niet ontbeten heb met een paar koppen Earl Grey erbij, de laffe vruchtensmaakjes die in mijn ogen de naam 'thee' niet verdienen, moet Flor zelf maar drinken.

Ze zit aan de keukentafel en stopt partjes appel, mandarijn en kiwi in haar mond. Het stukje vruchtvlees tussen het topje van wijsvinger en duim, de overgebleven vingers in een positie waar Balinese danseressen lang op moeten studeren. Haar handen hebben duidelijk nooit ruw werk verricht, een granieten vloer schrobben om maar iets te noemen, een gootsteen uitboenen.

Koolhydraten zijn *killing* voor haar, heeft ze zichzelf wijsgemaakt.

Ik denk dat ze zich met haar maatje achtendertig voorlopig geen zorgen hoeft te maken, en ik denk ook niet dat ze dat echt doet. Haar demonstratieve manier van lijnen, haar geklaag over haar lijf, het zijn allemaal op mij gerichte pijlen.

'Dat je als vrouw accepteert dat je maat vierenveertig hebt!' zei ze een paar dagen geleden met walging in haar stem terwijl ze naar mijn royale maat zesenveertig keek.

'Voordeel is dat bij jou een vetrol veel meer opvalt dan bij mij,' heb ik gepareerd, en ik zag de schrik in haar ogen.

Zusjes zijn we, maar geen aardige zusjes, al zeg ik het zelf.

Nu slikt ze haar laatste stukje kiwi door, het zachtgroen aarzelt op haar rode lippen en wordt door een minimaal ingrijpen van het puntje van haar tong naar binnen geleid. Ze veegt haar mond af met een papieren servet en kijkt van mijn bord met een dubbelgeklapte boterham met volvette kaas ertussen naar mijn gezicht.

'Wat lag jij vroeg in bed gisteravond.'

'Wat was jij laat thuis.'

'We hebben nog iets gegeten, en daarna moest ik op een trein wachten.'

Ze zegt niet wat ze nu ongetwijfeld denkt: als ik niet

zo'n trut was om mijn auto niet aan haar uit te lenen, zou ze veel eerder thuis zijn geweest.

We zwijgen.

Het ontbijt mag dan wel het begin van de dag zijn, bij ons is het zeker niet het gezelligste moment. Maar in elk geval hebben we nu de ochtendconversatie achter de rug, en ik wil net aan de krant beginnen, die een week eerder van formaat is veranderd en daardoor 'handzaam' is geworden, zoals de hoofdredacteur in elk interview verklaart, maar waar ik godsonmogelijk aan kan wennen, als ze iets zegt dat ik door het geritsel niet versta.

'Wanneer heb jij Gees voor het laatst gezien?' herhaalt ze.

'Hoezo? Twee weken geleden was ze even hier.'

'Hoe vond je dat ze eruitzag?'

Ik diep beelden op uit mijn geheugen. Gees met een bos bloemen, een bezorgde uitdrukking op haar gezicht. Ik heb het toegeschreven aan de situatie. Dochter bezoekt moeder met kanker, hoe vrolijk ben je dan.

'Niet veel anders dan anders. Waarom vraag je dat?'

Flor haalt haar schouders op. 'Ik weet het niet. Zodra het over haarzelf ging, klapte ze dicht. Zo helemaal niet de Gees die ik gewend ben.'

Dat doet me goed. Het is namelijk wel de Gees die ík gewend ben.

'Ik dacht, jij als moeder zult het toch wel weten als er iets met haar is? Als een moeder dat niet weet, wie dan wel?'

Ook weer zo'n ogenschijnlijk onschuldige opmerking.

Maar deze moeder heeft al een hele tijd geen idee wat er in haar dochter omgaat. Om precies te zijn: vanaf het moment dat ze die dochter achterliet in een studentenkamer.

En omdat ik geen enkele ervaring heb met een normale moeder-dochterverhouding, weet ik niet wat ik daarvan moet denken. Moet ik mij zorgen maken? Of zijn alle meisjes van die leeftijd spaarzaam met het geven van inlichtingen over hun privéleven, en betekent het ouderlijk huis in die leeftijdsfase niet meer dan een bed and breakfast, eens in de zoveel weken, met een lastige vragen stellende moeder op de koop toe?

Die avond heeft Flor een telefoongesprek met Maarten, iets wat mij niet kan ontgaan doordat haar woedende geschreeuw door deuren en muren gaat.

'Hij zit nog steeds in het huis,' zegt ze als ze met een rooie kop de kamer binnenkomt, waar ik de planten in de vensterbank water geef. Na een dag zon lijkt de uitgedroogde potgrond wel woestijnzand.

'Alleen zegt hij nu dat hij niet van plan is om te moven. Dus of ik het zelf maar uit wil zoeken, daar komt het op neer. Verdomme Marg, wat moet ik nou? Ik heb geen cent.'

'Daar had je anders gisteren weinig last van,' zeg ik, denkend aan de rij draagtassen met dure winkelmerken erop die de gang vulde.

Ze kijkt me verbaasd aan. 'Dat heeft niets met geld

te maken, dat zijn creditcards.'

Nu is het mijn beurt om stil te vallen.

'Marg, ik heb nog even onderdak nodig. Ik ga morgen meteen een baan zoeken, promise! Ik betaal je mijn bijdrage aan het huishouden als ik weer verdien, zeg maar hoeveel je moet hebben.'

'Het gaat niet om geld,' zeg ik. 'Het gaat erom dat alles altijd om jou draait. Wat ík wil is niet belangrijk, dat was het vroeger niet en dat is nog steeds zo.'

'Hou toch verdomme eens op over vroeger!'

Zoals altijd raakt ze op slag geïrriteerd als ik over onze jeugd begin.

'Ik hou op over vroeger zodra ik het begrijp. Zodra iemand mij kan uitleggen hoe het mogelijk is dat ouders hun ene kind in de watten leggen en het andere kind gebruiken als poetsvrouw.'

Ze gaat aan tafel zitten, ineens de kalmte zelf.

'Goed dan. Je wilt het zelf. Toen jij het huis van pa en ma uitruimde, vond je het toen niet gek dat je geen persoonlijke documenten hebt aangetroffen?'

Het is mij inderdaad opgevallen. Geen brieven, geen aktes, zelfs hun paspoorten lagen niet in het nep-antieke bureautje in de voorkamer. Maar ik heb er geen aandacht aan besteed, ik wilde er vanaf zijn, ik werkte dag en nacht om dat verdomde huis leeg te krijgen.

Uit Flors woorden begrijp ik dat ik beter wel even had kunnen doordenken.

'Ze lagen er niet omdat ik ze heb meegenomen, de laatste keer dat ik moeder aantrof in jouw goede zorgen. Toen ze zei dat ze met mij mee wilde omdat ze bang was voor je.'

'En tjongejonge wat heeft ze daar veel aan gehad,' schamper ik.

Flor haalt haar schouders op.

'Je kunt beter vragen waarom ik die papieren heb meegenomen.'

'Alsof je niet evengoed van plan bent om het te vertellen.'

Stilte.

We bekijken elkaar over de tafel heen als sumoworstelaars voordat de wedstrijd begint. Alhoewel de vergelijking niet helemaal opgaat, want onze worsteling is allang aan de gang. Al zo lang ze bij mij is ingetrokken tasten we elkaar af, zoekend naar zwakke plekken.

'Er zijn dingen die je nooit geweten hebt, Marg, die je ook nooit mocht weten. Pa is helemaal jouw vader niet. Ma moest trouwen met een jongen om wie ze niets gaf, maar ze kwam uit een keurig gezin, ongehuwd moeder zijn was een schande in het dorp waar ze woonde. Dus werd er getrouwd, omdat ma tijdens de kermis met hem de bosjes in was gedoken. Ze heeft jou erom gehaat, Marg, jij was het levende bewijs van haar vernedering. Is dat niet komisch?'

Ik wil iets zeggen, maar ik krijg de woorden niet uit mijn mond, mijn keel is droog, verder is alles oké met me, alleen moet ik het even laten bezinken.

Ik zie dat Flor op het punt staat verder te gaan met haar verhaal, ze kijkt mij aan met een mengeling van medelijden en triomf op haar gezicht. Maar ik wil verder niets horen, het is genoeg voor het moment.

Barbers kop schuurt langs mijn benen en in een gewoontegebaar buig ik me naar hem over om hem te aaien en achter z'n oortjes te kriebelen.

'Ze ontmoette pa, en ze is bij die man weggegaan. Met jou, een andere oplossing was er niet. Daarna hebben ze mij gekregen. Heb je nu de antwoorden waar je op uit was? Is het raadsel nu opgelost? Best simpel, vind je ook niet?'

Ze heeft een glimlach op haar gezicht die ik er vanaf zou willen rammen. Maar gelijk heeft ze. Ik heb de antwoorden en het raadsel is ineens geen raadsel meer.

'Ik ga Barbertje uitlaten,' zeg ik terwijl ik opsta.

De voorjaarsnacht is koel, er staat een stevige wind. Wolken schuiven met een enorme vaart voor de maan langs, je ziet hem erachter verdwijnen en een paar seconden later weer opdoemen.

Ik loop het parkje in, tot het eerste bankje, waar het nog goed verlicht is. Op sommige avonden wordt er gedeald in het park, groepjes opgeschoten jongens, de zoete geur van hasj.

Er is nog nooit iets gebeurd met late wandelaars en hun hond, maar of dat komt omdat ze voorzichtig zijn of omdat er niets te vrezen valt, is iets wat je pas ontdekt als het te laat is.

Het is vreemd kalm in mijn hoofd.

Wat Flor vertelde is zo logisch, zo simpel en overzichtelijk, daarvan hoef je echt niet in de war te raken.

Ze moet die jongen gehaat hebben, denk ik. Een haat die zo diep zat dat die het kind in haar buik raakte.

Toch heeft ze mij meegenomen toen ze bij pa introk, waarschijnlijk omdat niemand anders mij wilde, en pa heeft het kind van een ander geaccepteerd. Hij had tenminste nog iets milds, hij kwam voor me op als de koele afstandelijkheid van zijn vrouw voor haar eigen kind in zijn ogen te ver ging.

Gehaat worden door je moeder, misschien is dat het ergste wat een kind kan overkomen. Maar wat een duidelijkheid ineens. Ik zou erom kunnen lachen, werkelijk, het heeft inderdaad iets komisch. Mijn leven lang heeft het 'waarom' mij achtervolgd, en nooit is ook maar in mij opgekomen dat het antwoord zo simpel zou zijn. Een streekroman. Dorpsmeisje laat zich hitsig nemen omringd door kermislawaai. Hoelang zal het geduurd hebben, die koortsachtige paring? De tijd van een rondje botsautootjes? Een rit in het reuzenrad? Toen ze uit de bosjes tevoorschijn kwam, het zaad van de jongen kleverig tussen haar benen, haar haar in de war, was ze bevrucht.

Flor is boven als ik thuiskom.

Ik geef Barber een hondenkoekje, en zoals iedere avond loopt hij achter mij aan de trap op. Het geluid van tandenpoetsen in de badkamer. Flor heeft veel tijd nodig voordat ze haar bed in stapt. Ze heeft voor alles veel tijd nodig.

Ik klop op de deur en ze doet hem halfopen, als een

huisvrouw die nog niet aangekleed de post aanneemt.

'Die Tom...' zeg ik.

Ze doet de deur helemaal open, staat in de deuropening in haar lavendelblauw ochtendjas die de kleur van haar ogen verdiept.

'Je weet wel,' zeg ik, om tijd te rekken, langer te kunnen kijken naar haar gezicht dat uitdrukt dat ze onheil verwacht.

'Die man met die twee schattige blonde jongetjes.'

'Hoe weet jij dat?' Haar stem is nauwelijks hoorbaar.

'Omdat ik ze heb gezien. Ik ben bij hem thuis geweest. Bij zijn vrouw eigenlijk. Leuk mens. Mooi ook. Blond, zoals jij. En zwanger van de derde. Ik heb haar gewaarschuwd, verteld dat hij iets met jou had, met mijn zusje. Ze had geen idee. Mannen kunnen zo verschrikkelijk oneerlijk zijn. Bijna net zo huichelachtig en hypocriet als vrouwen. Ze was me zo dankbaar dat ik het vertelde. Ik weet niet hoe ze het heeft aangepakt, maar natuurlijk kon ze met gemak tegen jou op, misschien heeft ze gedreigd, volwassen man met schoolmeisje, ik denk niet dat jij die Tom van jou nog vaak gezien hebt.'

De kleur is uit haar gezicht weggetrokken.

'Wat krom is moet rechtgetrokken worden,' zeg ik, 'dat vind jij toch ook?'

Ze is nog steeds sprakeloos als ik me omdraai en met Barber naar mijn slaapkamer loop.

Ik kwam er toevallig achter.

Flor en ik gingen nooit samen naar school.

Zij was altijd omringd door vriendinnen, werd elke dag opgehaald en verdween met veel gelach, gejoel en rinkelende fietsbellen.

Ze hoort bij de mensen die als volwassene verklaren dat school hun leukste tijd is geweest. Wat in mijn ogen een treurige kijk op hun leven geeft.

Een paar klassen moest ze overdoen, in het schooljaar waarin Tom een rol speelde leek ze een volwassen vrouw vergeleken bij haar klasgenootjes. Dat scheen haar geen moment dwars te zitten.

Ik fietste altijd in m'n eentje naar school en weer naar huis. Tess, de enige vriendin die ik had, woonde in een ander gedeelte van de stad en zelfs voor haar had ik weinig tijd.

We zaten in ons eindexamenjaar, het halen van mijn diploma zou mij bevrijden van een leven dat zwaar op mij drukte, tenminste, dat verwachtte ik. Ik kon het mij niet veroorloven om te zakken.

Bovendien was ik, al kende ik toen de benaming nog niet, 'een Einzelgänger'.

Als ik naar Flor keek vroeg ik mij weleens af hoe het zou voelen om altijd vrolijk te zijn. Maar jaloers was ik niet op haar.

Dat gevoel was gereserveerd voor andere dingen. Moeder, die haar handen door Flors haar haalde en 'Kind, je moet hoognodig naar de kapper!' zei. Hun kus aan het begin en het einde van de dag.

Al kan ik er mijn leven mee verdienen, ik zou niet

kunnen vertellen hoe de aanraking van moeders lippen op mijn wang voelt.

Ik zei 'Goeiemorgen' en 'Welterusten' tegen haar, en zij zei hetzelfde terug, zoals je een toevallige medebewoner van je huis groet.

Op een middag toen ik naar huis fietste, zakte mijn rugzak scheef onder mijn snelbinders vandaan. Ik stapte af en op het moment dat ik weer weg wilde rijden reed er een auto voorbij waarin ik Flor zag zitten.

Die middag kwam ze later dan gewoonlijk thuis, met het verhaal dat ze een repetitie had doorgenomen met een klasgenootje.

Er werden geen moeilijke vragen gesteld, wat Flor zei werd zonder meer geloofd en waarom ook niet.

Maar na die middag begon ik op haar te letten.

Het is vrij eenvoudig om de geheimen van argeloze mensen te ontdekken.

Dat mijn ouders niet merkten dat Flor niet meer naar zweet rook als ze naar volleybal was geweest, is niet vreemd, maar mij viel het op. Ook de doordringende geur die onze slaapkamer vulde als ze na haar sportavond haar gympen en sokken uittrok bleef van de ene op de andere week achterwege.

Op een avond ben ik haar achternagefietst. Het was winter en vroeg donker; ik volgde haar achterlicht tot de school waar de volleybalvereniging haar oefenwedstrijden hield en zag dat ze haar fiets een eindje verderop in een heg gooide.

Van een geparkeerde auto ging het portier open,

een man stapte uit en sloeg zijn armen om haar heen. Even later reden ze weg.

Met deze gegevens had ik alles voor elkaar kunnen krijgen. Een deel van haar veel royalere zakgeld dan het mijne kunnen opeisen. Het dragen van haar dure sweaters.

Maar het enige wat ik wilde was meer te weten komen.

Ik zocht in Flors agenda totdat ik een hartje en daarachter een voornaam en een adres vond. Tom.

Vanaf dat moment was mijn aandacht op hem gefocust.

Ik ben een aantal keren langs zijn huis gefietst. Een tuin met een schommel en een glijbaan, een driewielertje bij de voordeur, en op een avond toevallig zijn thuiskomst en een blonde vrouw in de deuropening die hem lachend verwelkomde.

Flor met een getrouwde man. Het was iets om over na te denken.

Ik heb na lang aarzelen aangebeld.

Nee, ik heb niet beseft dat ik met mijn bezoek een huwelijk zou ontwrichten, dat mijn woorden een schisma zouden veroorzaken.

Ik was een schoolkind dat dacht er goed aan te doen om mensen te waarschuwen voor iets wat niet in orde was.

Wat krom is moet rechtgetrokken worden, en zelfs toen mijn vinger bij de bel aarzelde was het niet omdat ik aan die uitspraak twijfelde.

De blonde vrouw die ik eerder had gezien, deed open.

Ik zei dat ik haar even wilde spreken. 'Het is belangrijk,' zei ik en ze lachte en ging me voor naar de keuken, waar ze mij een glas Cola aanbood.

'Nou, vertel dan nu maar eens wat er zo belangrijk is,' zei ze, terwijl ze tegenover mij aan de keukentafel ging zitten.

Een blond jongetje kroop bij haar op haar schoot, op de ruimte die haar zwangere buik overliet, duim in zijn mond, zijn hoofd tegen haar borsten.

Ik vertelde het en zag haar gezicht veranderen.

'Hoe oud is jouw zusje?'

Toen ik 'zestien' zei, leek het of ze even in elkaar kromp.

Ze vroeg niet naar mijn naam of adres, en bleef zwijgend voor zich uit kijken, terwijl ik opstond en het huis uit liep.

We zitten de volgende ochtend tegenover elkaar aan het ontbijt, zodat het een ochtend lijkt als alle voorafgaande ochtenden sinds Flor zich in mijn huis heeft genesteld. Ik reik haar de jam aan en zij mij de boter, en we zeggen er 'Alsjeblieft' en 'Dankjewel' bij. Een keurige opvoeding is nooit weg. Maar we weten van elkaar dat we gehavend zijn. Wat er de avond tevoren heeft plaatsgevonden gaat verder dan de doorsnee-schermutseling van mensen die elkaar om diepliggende redenen niet mogen. Onze zorgvuldig geslepen dolken hebben de ander in het hart geraakt. Een schrale troost om te weten dat mijn pijn niet uniek is.

Niet voor de eerste keer in mijn leven besef ik dat Flor en ik al zolang wij elkaar kennen in een gevecht verwikkeld zijn dat pas zal eindigen als er een duidelijke winnaar is.

Soms, zoals nu, lassen we een korte wapenstilstand in.

Tijd voor herstel, het optrekken van de kruitdampen, het likken van wonden, in afwachting van de volgende vijandelijkheid. Want die gaat komen, dat is een ding dat zeker is.

Ondertussen glijden de dagen voorbij en ze lijken allemaal op elkaar.

Zon, regen, wind, regen, zon.

Ik merk dat ik meer kan doen met mijn linkerarm.

De vochtafdrijvende behandeling in het ziekenhuis en de dagelijkse huidmassage die ik nog trouw toepas werpen hun vruchten af.

Over wat zich in mijn lichaam afspeelt maak ik mij geen zorgen.

Ik heb de aangeboden behandelingen geweigerd.

Geen bestraling. Geen chemo.

In een vrij land mag je zoiets zelf bepalen, ook als niemand in je omgeving de reden van je weigering begrijpt. De verklaring dat ik ervan overtuigd ben dat ik deze keer aan mijn ziekte zal sterven zal niemand overtuigen omdat er op dit moment uit medisch oogpunt geen reden voor is. Maar voor mij is het een zekerheid waarover ik niet wil discussiëren.

Ik heb Bosman niet meer gesproken. Hij wil me

graag over een paar maanden terugzien, zei hij tijdens ons laatste gesprek. Ik weet niet meer exact hoe hij het formuleerde, maar hij sprak de hoop uit dat ik mijn weigering zou herzien als uit de controle zou blijken dat het weer mis is met mijn lichaam.

Ik kan mij er werkelijk niet druk om maken.

Ik leef mijn leven en houd vanuit mijn ooghoeken mijn zuster in de gaten, die sinds kort mijn halfzuster blijkt te zijn, en zie hoe zij hetzelfde doet.

We zijn tegen elkaar opgewassen, maar ik ben de sterkste want behalve tijd heb ik weinig te verliezen.

Ik bel Gees om een afspraak te maken.

Ik kondig mijn bezoek aan alsof het om iets leuks gaat. Wat het ook zou moeten zijn. Moeder en dochter, nog net niet arm in arm, maar close genoeg, langs de Utrechtse grachten.

Afdalen en lunchen in een van die restaurantjes in de oude werfkelders. Zo horen zulke uitstapjes te verlopen, en ze moeten zeker niet als excuus dienen om moeilijke vragen te stellen.

Gees vindt het een goed idee om elkaar weer eens te zien, haar stem klinkt opgewekt. Ik heb haar weinig gesproken de laatste tijd, maar dat ligt natuurlijk voor een groot deel aan mijzelf. Ik heb gedaan alsof de operatie niets voorstelde. Voor zover Gees weet waren bestralen en chemo niet nodig, de hele behandeling leek op die manier niet gewichtiger dan het trekken van een kies, hooguit een beetje gênant om een borst kwijt te raken, maar geen reden tot zorg. Back to normal, haar studentenleven, hoe ze daar ook invulling aan geeft.

Flor trekt haar wenkbrauwen op als ik vertel dat ik een afspraak heb met Gees, en haar vraag een dagje op Barber te passen.

Ik weet dat ze dat goed zal doen, want ze is dol op hem, ook dat heeft een plek in onze strijd gekregen.

Wij houden dan misschien evenveel van de hond, maar van wie houdt híj het allermeest? Ik verdenk Flor ervan dat ze hem koekjes geeft als ik het niet zie, ik ken dat hoopvolle kwispelen, zijn variant op bedelen, en dat doet hij niet als hij weet dat hij geen kans maakt. Maar ik verdom het om daarin mee te gaan, al irriteert het mij mateloos als ik zie hoe hoopvol hij achter Flor aan naar de keuken loopt.

Ik parkeer in een garage in het hart van de stad en loop naar de Oudegracht. Hier ergens moet het restaurant zijn waar we hebben afgesproken.

'Ik weet de naam niet, maar het kan niet missen mam, een terras met glas eromheen, ik zal er bijtijds zijn, dan zie ik je wel aankomen.'

Ik heb bloemen bij me, een voorjaarsboeket, niet al te groot en met de vaas er al bij zodat ze er alleen maar water in hoeft te doen. De bloemist heeft het geheel voorzichtig in een draagtas laten zakken, het loopt niet makkelijk maar in elk geval heb ik iets bij me voor Gees, ik zou het anders ook niet weten.

Ze zit inderdaad al op het terras, staat op en wuift

als ze mij ziet. Haar silhouet is gevulder dan ik mij herinner, de laatste keer dat ik haar zag was mij ook al opgevallen dat ze molliger is geworden.

We omhelzen elkaar, ze heeft kleur op haar gezicht, iets stralends in haar ogen.

'Fijn dat je er bent, mam!'

De bloemen zetten we voorzichtig tegen het windscherm, ze is er blij mee en goed van die vaas, mam, ik zou echt niet weten waar ik zo'n boeket in kwijt moet!

Ze praat meer dan ik van haar gewend ben, een staccato verhaal waaraan het meest kenmerkende is dat het nergens over gaat.

'Gees, vertel nou eens iets over je studie.'

Het is warm achter het windscherm, we hebben zonnebrillen opgezet, en die van Gees spiegelt, het maakt het er niet makkelijker op.

Maar de salade is heerlijk, precies zoals Gees al zei. Plakjes gerookte eendenborst, schijfjes avocado, haricots verts, pijnboompitten en knapperig verse sla.

'Wat valt er nou over een studie te vertellen, mam. Ik ga naar college, ik doe af en toe tentamen, ik heb plezier.'

'Geen details die de moeite waard zijn?'

Gees haalt haar schouders op.

'Je lijkt pappa wel, die zaagt me ook altijd zo door.'

'Pappa? Wanneer heb je hem gezien?'

'Vorige week... Hij was alleen, ik vind het niet prettig als hij met Luc komt, dat geklooi van jullie.'

'Daar hebben we het toch al over gehad, Gees.'

'Ja, ik weet het. Jij kunt er niets aan doen.'

'Zie jij dat dan anders?' vraag ik. 'En haal nou eens niet je schouders op. Jezus Gees, we zien elkaar nauwelijks meer, we kunnen toch wel een normaal gesprek voeren.'

De stemming is ineens omgeslagen.

Ze kijkt stuurs voor zich uit, haar nog halfvolle bord heeft ze van zich af geschoven.

'Sorry lieverd, ik zou alleen graag wat meer over jouw leven weten.'

'Mijn leven...' zegt ze, met een lachje dat ik niet kan plaatsen.

'Je moet de groeten hebben van Flor,' bedenk ik in een poging het gesprek op neutraler terrein te brengen.

'Dat is niet waar,' zegt ze, 'die heb ik net nog aan de telefoon gehad, waarom zou ze de groeten doen?'

Ik kom in de spits terecht. Het verkeer zit overal vast, maar het kan me niet schelen, het geeft me tijd om na te denken. Straks zit ik weer met Flor, en dat is ook niet echt een ontspannen situatie.

De uren met Gees hebben niet gebracht wat ik ervan hoopte, maar achteraf gezien, waar hoopte ik eigenlijk op? Verhalen over vriendjes? Het soort vertrouwelijkheid waar vrouwen op doelen die zichzelf de beste vriendin van hun dochter noemen? Een uitspraak die mij altijd een lichte vorm van kippenvel bezorgt omdat er iets onechts en vooral onnatuurlijks in zit. Ik heb er geen behoefte aan de beste vriendin van Gees te zijn. Maar ik zou wel graag meer op de hoogte willen zijn van haar leven. Wat voor vriendinnen ze heeft, wat ze onderneemt, heeft ze vriendjes, daar valt toch wel iets over te vertellen zonder dat het te diep gaat.

Ik hoef geen details, maar ik ben na die ene keer dat ik haar hielp met verhuizen, zelfs niet meer in haar kamer geweest.

Zo weinig van je eigen dochter weten, zo weinig deel uitmaken van haar leven is toch ook niet normaal?

Heb je geldzorgen, heb ik gevraagd. Loopt het niet met je studie zoals je wilt? Is er iets met een vriendje? Kan ik iets voor je doen?'

Voor het eerst verscheen er weer een glimlach op haar gezicht, meewarig, alsof ze met mij te doen had.

'Laat nou, mam, ik kan mezelf wel redden. Echt!'

Ze is met mij meegelopen naar de parkeergarage. Toen ik al met de sleuteltjes in mijn hand naast de auto stond, sloeg ze ineens haar armen om me heen.

'Sorry mam!'

Ze liep van mij vandaan zonder zich nog een keer om te draaien.

Pas toen ik de garage uit reed bedacht ik dat we de bloemen op het terras hadden laten staan.

'Het ziet er niet uit alsof het een succes was,' zegt Flor na een snelle blik op mijn gezicht.

Het glas in haar hand is gevuld met een vloeistof waarvan ik de kleur niet herken.

'Waarom bel je Gees niet, dat doe je toch al doorlopend, dan kun je vragen hoe het was.'

'Heb ik gedaan,' zegt ze kalm. 'Veel vragen, weinig antwoorden. Klopt het?'

Ik loop langs haar heen en lijn Barber aan.

'Zijn jullie nog in haar kamer geweest?' zegt ze tegen mijn rug.

Ik blijf staan zonder mij om te draaien.

'Waarom?'

'Zomaar een vraag.'

Weer die verdomde wind, mijn haar waait alle kanten uit. Laag bij de grond, ter hoogte van Barbers snuit, gebeurt hetzelfde. Hij moet ervan niesen.

Wat een vraag, over die kamer. Ik zou er mijn schouders over ophalen als ik niet zou weten dat Flor nooit iets zonder bijbedoelingen zegt. Maar wat het dit keer kan zijn is me volstrekt onduidelijk.

Tess belt. Anton vertrekt morgen naar een congres dat twee dagen duurt. We hebben een hele avond om zijn kantoor te doorzoeken, overdag zitten er te veel mensen.

Deze keer neem ik de auto, het fietstochtje van een week eerder is me niet echt goed bevallen en het stormt alweer.

Er hangt een grijs waas over het avondlicht, met iets geligs erin. Weer waarin monsters zich manifesteren en massamoordenaars toeslaan.

Ongeveer alle lichten van het huis zijn aan. Tess houdt niet van alleen zijn, de villa ligt afgelegen, er zijn in de buurt overvallen geweest, op klaarlichte dag zijn bewoners aan hun eigen voordeur in elkaar geslagen waarna het huis werd leeggeroofd. Ongeveer iedere opening, op de brievenbus na, is elektronisch beveiligd, maar bij Tess gaat de angst dieper, het is een existentiële angst die toeslaat als ze op zichzelf wordt teruggeworpen.

'Gelukkig ben je er,' zegt ze. 'Zullen we meteen maar beginnen?'

'Nee,' zeg ik terwijl ik achter haar aan naar de keuken loop, 'we gaan eerst theedrinken. Ik heb er nog eens over nagedacht. Jij hebt jouw bankcode uit handen gegeven en Anton heeft vervolgens jouw geld overgeschreven op jullie gezamenlijke rekening, en van daaruit naar zijn eigen rekening. Zo ongeveer moet het gegaan zijn en daar is niets illegaals aan. Dat hij het allemaal heeft uitgegeven is niet waarschijnlijk, daar is hij niet het type voor. Ik zou hem eerder een hebberd noemen. Een hebberd die royaal lijkt zolang het hem niks kost. Die cabrio voor de deur bijvoorbeeld, een verjaarscadeautje toch? En heb je vorig jaar niet dat zwembad gekregen? Geen wonder dat er dan weinig meer op jouw rekening staat.'

Haar gezicht wordt rood. Tegen iedereen schept ze altijd op dat ze zo verwend wordt door haar man. Dat ze haar eigen cadeautjes heeft gefinancierd is niet een gedachte die haar vrolijk stemt.

'Sorry Tess, maar jij hebt dat allemaal mogelijk gemaakt door hem jouw bankcode te geven. Waarom proberen we straks niet in zijn computer te komen om uit te zoeken wat er van jouw geld over is?'

Ze staat bij de waterkoker, die veel te veel lawaai maakt voor zo'n klein ding.

'In Antons computer? Geen haar op mijn hoofd, Marg.'

Ze graait in een perspex doos met theezakjes.

'Rooibos graag, anders doe ik straks geen oog dicht. Oké, dus niet de computer van Anton. Maar het geld van jouw moeder, dat wil je wel uitzoeken?'

'Omdat het veel simpeler is. Kopieën van de overschrijvingsformulieren die ze gebruikte moeten in de een of andere ordner zitten, en die staat ergens in Antons kantoor.'

Ze schenkt thee in.

'Maar Tess, stel dat we erachter komen dat Anton de boel belazerd heeft, wat doe je dan?'

'Hoezo belazerd?' vraagt ze.

Haar onnozelheid begint me te irriteren. Ze wil wel controleren wat haar man heeft uitgevoerd maar tegelijkertijd wil ze er niet van horen dat hij weleens niet de onkreukbare accountant zou kunnen zijn die ze in hem wil zien. Wat dat betreft heb ik het makkelijker, want dat beeld heb ik hoe dan ook nooit van hem gehad. Iets wat ik haar moeilijk kan zeggen, net zomin als ik haar kan vertellen dat het mij niet zou verbazen als haar man wanneer het zo uitkwam de handtekening van zijn schoonmoeder heeft vervalst.

'Als je zo'n vertrouwen in hem hebt, laten we dan de hele zaak vergeten. Er is vast wel iets leuks op de televisie.'

Ze kijkt me nadenkend aan, kauwend op haar onderlip waardoor ze ineens een verlegen schoolmeisje lijkt.

'Oké,' zegt ze. 'Laten we dan nu maar beginnen.'

Het kantoor van Anton is onberispelijk. Alles is gekozen vanuit het oogpunt van een cliënt. Kwaliteit, degelijkheid, betrouwbaarheid, maar geen design en zeker geen fantasie.

Geen mens vertrouwt zijn geldzaken toe aan een

accountant met fantasie, je zult wel gek zijn.

Er hangen een paar echte olieverven aan de muur, landschapjes, niets mis mee. En aan weerszijden van het notenhouten bureau met leren vloeiblad staan zware notenhouten stoelen, bekleed met gecapitonneerd leer in dezelfde kleur, halfverborgen wieltjes onder de degelijke poten.

Een deur geeft toegang tot twee kleinere kamers, eentje voor de junior accountants en eentje voor de administratief medewerkers. Daar staan ingelijste foto's op de bureaus, vooral van baby's en peuters, en kleine vaasjes met bloemen.

En dan is er nog de archiefkamer, en die moeten we hebben.

Simpele houten kasten tegen de wanden, gevuld met gelijksoortige ordners met data erop. Voor een accountant van de eenentwintigste eeuw heeft Anton veel papier, maar misschien hebben ze dat allemaal.

Mijn ogen glijden langs de ruggen. Ik lees de namen van bedrijven en daarna de namen van particulieren. De naam van Tess' moeder kom ik niet tegen.

Tess is met een andere kast bezig, haar gezicht is rood van inspanning, haar haar valt slordig voor haar gezicht, ze kan zo in een Hitchcockfilm, een dramatisch hoogtepunt, de muziek zwelt aan en ineens staat de slechterik achter haar.

'Niets!' zegt ze teleurgesteld terwijl ze overeindkomt.

'Is het niet mogelijk dat hij zijn privézaken ergens anders opbergt? Hebben jullie een kluis?'

Ze knikt en wijst achter zich.

Ik had hem niet eerder gezien, hij lijkt eerder op een kast, maar nu ik kijk zie ik dat hij gemaakt is van dik staal. Zwartgelakt met goudkleurige versieringen langs de randen.

'Sleutel?' vraag ik.

Ze haalt hulpeloos haar schouders op.

Ik loop terug naar de kamer van Anton en laat me op zijn bureaustoel zakken. Hij zit onverwacht lekker. Terwijl ik de stoel een beetje rond laat draaien, denk ik na.

Niet in de archiefruimte, kluis onbereikbaar, als de ordner van Tess' moeder daarin zit kunnen we het vergeten. Wat zijn er nog meer voor mogelijkheden?

Ik zet me af tegen het bureau en draai een slag. Mijn benen schampen langs een lage kast achter het bureau. Ook van duur hout, al kan ik het niet benoemen. Maar het zou een kast kunnen zijn waarin Anton zaken opbergt die hij graag bij de hand heeft, bijvoorbeeld omdat hij niet wil dat zijn kantoorgenoten hem ermee bezig zien. Een koperen sleutelgat is uitdagend leeg.

'Sleutel?' vraag ik aan Tess, die me achterna is gelopen en nu doodstil op de stoel aan de andere kant van het bureau zit.

Ze bijt op haar onderlip.

Ik zucht. We zijn een uur bezig en het heeft nog niets opgeleverd.

'Wacht even,' zegt ze, 'Anton heeft een sleutelbos met een heleboel sleutels eraan, die heeft hij vast niet meegenomen naar het congres.'

'En waar laat hij die als hij hem niet bij zich heeft?'

'Slaapkamer,' zegt Tess. 'In een la van zijn kast. Zal ik even kijken?'

'Ja Tess, natuurlijk ga je even kijken. Ik kán namelijk niet gaan kijken omdat ik die kast met die laatjes niet ken.'

Ze werpt me een gekwetste blik toe en draait zich om.

Ik leg mijn hoofd tegen de rugleuning van de stoel en doe mijn ogen dicht, terwijl ik de voetstappen van Tess hoor verdwijnen.

Het zou mooi zijn om Anton te betrappen op iets slechts, wat dan ook, iets waarop ik hem kan pakken. Er zit in mijn lijf een klont agressie die met de dag groter wordt. Misschien moet ik gaan joggen, of iets anders om de gewelddadige energie die ik in mij voel om te zetten in iets positiefs. Alhoewel 'iets positiefs' het laatste is waaraan ik behoefte heb. Niets zou mij op dit moment meer genoegen verschaffen dan iemand grondig in elkaar slaan, en tot mijn verbazing kan het me niet eens veel schelen wie dat zou zijn.

Tess komt aanrinkelen als een arrenslee, triomfantelijk houdt ze een enorme sleutelbos op.

Het is de derde sleutel die we proberen.

De deur van het kastje gaat geluidloos open, twee planken vol uitpuilende mappen en in de hoek van de bovenste plank een dikke ordner met een etiket op de rug.

'Mamma's naam!'

Ik hoor ontroering in haar stem. Waar we al niet betraand van kunnen raken.

Ik pak de ordner en leg hem voor me op het bureau. Er zitten bankafschriften in, kopieën van overschrijvingsformulieren en facturen.

Ik blader oppervlakkig door de ordner en tref opvallend veel facturen aan van het accountantskantoor van Anton.

Zo te zien heeft de moeder van Tess ongelofelijk veel beleggingsadviezen gekregen, waarvoor ze onwaarschijnlijk hoge rekeningen kreeg. Je zou denken dat je van zoveel goede raad hartstikke rijk wordt, haar nalatenschap bewijst het tegendeel.

Ik kijk op mijn horloge. In de ruimte van de administratie heb ik een kopieerapparaat gezien, als het meezit zijn we in een uurtje klaar.

We werken zwijgend. Tess reikt me een voor een de papieren uit de ordner aan, ik leg ze op de glasplaat, klap het deksel dicht en bedien de knoppen.

De kopieën die ik haar aangeef legt ze op een keurig stapeltje.

Als we klaar zijn stop ik de originelen weer in de ordner, ik besteed extra aandacht aan de goede volgorde. Accountants zijn oplettend, tenminste, daar ga ik van uit.

De kopieën stop ik in een grote envelop die Tess van een stapel uit de archiefkamer haalt.

Als de ordner weer in het kastje staat en Tess de sleutel heeft omgedraaid en uit het slot heeft gehaald, kijk ik om me heen. Volgens mij is aan niets te zien dat wij hier een avond hebben doorgebracht.

Ik neem de envelop mee naar huis.

Tess protesteert, maar als ik vraag wat ze tegen Anton gaat zeggen als hij de envelop zou vinden, zwijgt ze verder.

Op een A-viertje heeft Tess op mijn verzoek alle bankrekeningnummers geschreven van Anton en haarzelf.

'Wat ga je ermee doen?' vroeg ze, toen ze het papier aan mij gaf. 'Ik wil niet dat je dingen doet voordat je er met mij over hebt gepraat.'

'Ik ben helemaal niet van plan om dingen te doen. Ik ga de afschriften doorkijken, en als mij iets opvalt vertel ik het aan jou, dat is alles. Dont't worry.'

Ik rijd door de donkere nacht naar huis.

Het stortregent, de ruitenwissers kunnen het maar net aan, het licht van mijn koplampen wordt teruggekaatst door een gordijn van water, ik zit voorovergebogen achter het stuur en rijd zo langzaam dat ik twee keer op het laatste moment een fietser zonder achterlicht kan ontwijken.

Tegen beter weten in hoop ik dat Flor op het idee is gekomen om Barber uit te laten.

Ze was het wel van plan, zegt ze zonder op te kijken van de televisie, maar het regende zo.

Ik mompel 'Trut!' en loop de gang weer in.

Als ik terugkom van het ommetje met Barber en

hem heb afgedroogd, ga ik nog even naar binnen.

Flor heeft haar mobiel aan haar oor. Door het geluid van de televisie kan ik niet goed horen wat ze zegt, maar ik heb de indruk dat het geruststellende zinnetjes zijn. Ze ziet mij, glimlacht en klapt haar mobiel dicht.

'Sommige mensen willen het liefst dat je dag en nacht hun hand vasthoudt,' zegt ze met nog steeds die glimlach.

Het liefst zou ik meteen in de papieren van Tess' moeder duiken, maar ik ben te moe. Mijn ogen zijn droog en branderig, ik heb last van mijn linkerarm, mijn lichaam voelt alsof ik de vierdaagse heb gelopen, maar mijn hoofd is helder, zodat ik na twee uur nog klaar wakker in bed lig, luisterend naar het geweld van de storm aan de andere kant van het raam.

Wat denkt Tess te gaan doen als haar man een ordinaire dief blijkt te zijn?

Hem officieel aanklagen? Het zou het einde van haar huwelijk zijn. Zelfs hem ermee confronteren zou in principe al genoeg kunnen zijn om hem zijn koffers te laten pakken. Waarom zou hij nog langer blijven nu er toch niets meer bij haar te halen valt? Sterker nog, misschien zal hij iedere reden om een punt achter hun huwelijk te zetten, verwelkomen.

Ik denk aan de avond dat ik zijn in whisky gedrenkte tong tegen mijn verhemelte voelde. Niemand kan mij wijsmaken dat het iets eenmaligs was. Zulke mannen beperken hun avances niet tot één vrouw, kom nou, zo dol was hij toen ook al niet op mij. Het was puur opportunisme. Ik was toch dat vrouwtje dat door die homo in de steek was gelaten? Dan zal het met de seks ook wel niet lekker gezeten hebben. Zo'n vrouwtje bewijs je een goede dienst door je tong en je verdere assortiment ter beschikking te stellen.

Een rommelaar, die Anton van Tess. Een roofdier, loerend op kansen, toeslaand als de gelegenheid zich voordoet.

Als ik geld genoeg had zou ik een privédetective achter hem aan sturen, al weet ik eigenlijk zo ook al wat er uit dat onderzoek zou komen.

Nu ik mij in zijn vunzige wezen verdiep lijkt het mij steeds waarschijnlijker dat de plannen voor zijn toekomst klaar liggen. Een nieuw begin met een nieuwe vrouw en de berg geld die hij in de loop van jaren aan Tess heeft ontfutseld.

Dat geld staat natuurlijk niet meer op zijn rekening, daar is allang geen cent meer van in dit land. Anders zou het allemaal geen zin gehad hebben, waarom zou je iets jatten dat je bij een scheiding weer delen moet? Als de rechter erbij wordt gehaald zal blijken dat Anton het marginaal redt met die toko van hem, laat dat maar aan een administratieve vakman over.

De rechter zal ongetwijfeld mild oordelen. Het huis, dat hoogstwaarschijnlijk tot de nok verhypothekeerd is, moet verdeeld worden. Daar kan Tess dan haar toekomst op bouwen. Een half huis, een berg schulden en nauwelijks een cent op de bank.

Ik word steeds wakkerder van dit doemscenario, en als de torenklok door het geluid van de storm heen drie zware slagen heeft laten horen, zit ik met het bedlampje aan met opgetrokken knieën in bed de financiële administratie van Tess' moeder te bekijken.

De eerste helft geeft een beeld van normale overschrijvingen. Een groot deel daarvan wordt automatisch overgeschreven, de huur, vaste lasten en maandelijks een bedragje op een rekening waarmee ze haar chipknip aanvult. Alle andere overschrijvingen zijn keurig in haar handschrift ingevuld.

Een jaar voor haar dood verschijnen de eerste facturen van Antons kantoor. Voor het doen van haar administratie, het geven van financiële adviezen. Ze doet een paar beleggingen in het buitenland, koopt en verkoopt aandelen, maar onder iedere overschrijving staat haar handtekening, al is het beveriger en daardoor niet meer exact gelijkend op die in de maanden ervoor.

'Ja, edelachtbare, mevrouw ging in het jaar voorafgaande aan haar dood snel achteruit, het is te zien aan haar handschrift, dat trouwens nog opvallend duidelijk is voor iemand van die leeftijd.'

Ik staar naar een handtekening, terwijl Barber is opgestaan van het kleedje naast mijn bed en onrustig door de kamer loopt. Hij houdt niet van het geluid van storm en hij houdt er nog minder van uit zijn slaap gehouden te worden door een bedlampje. Tenminste, dat is de verklaring die ik voor hem bedenk.

Ik roep hem zachtjes en hij komt naast me staan, zodat ik hem even achter z'n oortjes kan strelen, terwijl ik bezig ben een paar vragen te formuleren die ik zo snel mogelijk aan Tess wil stellen.

'Tess, ik denk dat Anton in de laatste maanden voor haar dood een aantal keren de handtekening van jouw moeder heeft vervalst.'

Ik kijk haar aan over de keukentafel. Soms heb ik het gevoel dat alle belangrijke gebeurtenissen in mijn leven zich aan keukentafels afspelen. Deze tafel is van zwaar eikenhout, een oude boerentafel, gehavend maar niet verpest door een paar eeuwen dagelijks gebruik. Aan weerszijden stoere stoelen. Eromheen een zee van ruimte en tegen de achterwand een inbouwkeuken waarin niets aan het toeval is overgelaten. Geen handeling is denkbaar zonder dat er een apparaat voor aanwezig is. Uitgevoerd in zwart, dat weer wel. Je hoort het de binnenhuisarchitect zeggen: 'Boerenantiek met een touch van design.' Wie zou er niet vallen voor zo'n omschrijving.

'Hoezo vervalst?' zegt ze.

Er is iets afwerends in haar houding gekomen.

'Tess, je begrijpt verdomd goed wat ik bedoel, maar als je het graag nog een keer wilt horen: ik denk dat Anton facturen die aan jouw moeder gericht zijn zelf betaald heeft met haar overschrijvingsformulieren waaronder hij haar handtekening heeft gezet. Administratief klopt het, officieel heet het vervalsen, maar je zou het ook oplichterij kunnen noemen en zelfs diefstal.'

'Dat is nogal iets om over iemand te zeggen.'

'Dat vergt minder koelbloedigheid dan om het te doen.'

Ze roert in haar koffie. Dank God voor het bestaan van koffielepeltjes, het heeft al zoveel mensen extra tijd verleend om na te denken.

'Oké Tess,' zeg ik. 'Waar het om gaat is of jij wilt weten wat er is gebeurd of dat je liever je kop in het zand steekt. Maar als je daarvoor kiest, houd er dan wel rekening mee dat je eerdaags uitgegraven wordt, want als ik mij niet vergis is Anton bezig met de slotakte van een voorstelling waarin jij binnenkort een bijrol hebt.'

'Praat toch niet altijd zo verdomde ingewikkeld!'

Ik begin pissig te worden. De halve nacht ben ik voor haar bezig geweest, ik denk dat ik iets op het spoor ben en ik had echt geen applaus verwacht, daarvoor is de hele zaak te pijnlijk, maar kwaad worden op mij lijkt me ook niet echt nodig.

'Je kunt handschriften laten onderzoeken. Binnen de kortste keren is duidelijk of de handtekeningen die ik niet vertrouw door jouw moeder of door Anton gezet zijn.'

Ik sta op.

'Nog iets, Tess, op welke datum is jouw moeder overleden?'

Ze kijkt niet op. '12 december vorig jaar,' mompelt ze.

'De laatste dagen lag ze in het ziekenhuis, toch?'

Ze knikt. 'De dag voordat ze doodging is ze in coma geraakt, de dag daarvoor is ze opgenomen maar toen was ze nog heel helder. Waarom wil je dat weten?'

'Zomaar,' zeg ik.

En omdat ze geen aanstalten maakt om mee te lopen naar de deur, laat ik haar achter in de keuken, over haar koffie gebogen, haar schouders opgetrokken alsof ze slaag verwacht.

'Wat zit je toch met die stapel papieren,' zegt Flor.

Ik heb haar niet horen binnenkomen. Als ze wil loopt ze onhoorbaar als een kat. Met dezelfde sluwheid. Nu staat ze achter mij en kijkt over mijn schouder mee.

'Vast jouw bankrekening niet, wat een bedragen!' zegt ze.

Ik leg mijn arm over de bankafschriften, en besef dat het een kinderlijk gebaar is, zoals ik vroeger in de klas maakte als ik niet wilde dat iemand bij me afkeek. Ik mij zeker de pleuris leren en dan een ander ervan profiteren!

Dat het voordelen bood om populaire klasgenoten te laten afkijken, vooral als het om repetities ging, maakte me niet uit, al begreep ik best dat er in populair zijn te veel tijd gaat zitten om ook nog eens je huiswerk te kunnen maken. Maar mijn moment van glorie kwam als de nagekeken repetities werden rond-

147

gedeeld en de cijfers bekend werden gemaakt.

'De enige negen gaat natuurlijk weer naar Marg Heiligers!'

Nee, populair maakte ik mijzelf er niet mee, maar dat zou ik evengoed niet geweest zijn met mijn kleren die geen binding met welke mode ook hadden, en de onhandigheid waarmee ik door het leven ging. Mezelf stoten, dingen laten vallen, struikelen ook als er niet snel een voet voor de mijne werd gezet als ik langsliep.

Pas toen ik mijn eindexamen haalde, nooit blijven zitten, nooit een onvoldoende, alleen maar achten en negens op mijn cijferlijst, besefte ik dat ik er beter aan gedaan zou hebben om over iedere klas twee jaar te doen.

Studeren zat er niet in, dat voorrecht was gereserveerd voor Flor, drie klassen lager, die voor de tweede keer was blijven zitten en desondanks als het brein van de familie werd gezien. Mijn mentor heeft nog geprobeerd mijn ouders over te halen. Iemand met zo'n cijferlijst hoorde op een universiteit thuis. Het mocht niet baten. Ik moest mij vooral niets verbeelden, zei moeder na dat gesprek. Het werd tijd dat ik iets terug ging doen voor al het geld dat ik gekost had.

Achter me lacht Flor, ze is expres nog even blijven staan om mij langer in mijn vernederende positie te dwingen.

Nu loopt ze met een lichtheid die weinig van doen heeft met zwaartekracht de tuin in.

Ik hoor haar schuiven met tuinstoelen, ze wil geen zonnestraal missen, als ze al geen huidkanker oploopt van dat uren in de zon zitten, dan zal ze er in elk geval rimpels van krijgen.

Ik buig me weer over de inhoud van de ordner.

De laatste dagen dat de moeder van Tess nog leefde, zijn interessant. Als ik er tenminste van uitga dat Tess in haar koffertje met verschoning en toiletartikelen niet ook nog een stapeltje overschrijvingsformulieren heeft gelegd.

Op de dag dat ze werd opgenomen en waarop ze volgens Tess nog helder was, heeft ze twee facturen van Anton betaald. De volgende dag raakte ze in coma. Toen Tess haar bezocht was ze al niet meer aanspreekbaar, dat was om een uur of acht in de ochtend, Tess was opgebeld omdat verwacht werd dat haar moeder elk moment kon sterven.

Evengoed vind ik een forse overschrijving ten bate van Anton, door Tess' moeder getekend, terwijl ze met gesloten ogen en in de geest al nauwelijks meer aanwezig, in een ziekenhuisbed lag.

Ik schuif de kopieën over de tafel naar Tess.

'Bekijk ze,' zeg ik. 'Let vooral op de data van de laatste overschrijvingen. Miraculeus, dat een vrouw die in coma ligt zo keurig haar handtekening zet. Plichtsgevoel kent geen grenzen.'

Ze staart ernaar, haar lippen bewegen maar ik heb niet de indruk dat ze iets zegt.

Als ze me aankijkt zie ik vijandschap in haar ogen.

'Wat wil je hier eigenlijk mee!'

'Tess,' zeg ik. 'Jij bent niet alleen zelf belazerd door Anton, jouw moeder is het ook. Misschien denk je dat je het redt door je mond te houden maar ik zeg je dat het einde in zicht is.'

'Je liegt!' zegt ze fel. 'We hebben vannacht nog gevrijd. Hij houdt van me!'

'Oké Tess, laten we er dan niet meer over praten. Je weet nu hoe het in elkaar zit. Het maakt mij niet uit of je hier wel of niet iets mee doet. Keep on dreaming!'

'Ik wil alle papieren terug!'

Ik spreid mijn armen uit, mijn palmen naar haar gericht. 'Alles wat ik heb ligt op tafel.'

Ze is niet achterdochtig genoeg om te vragen of ik kopieën heb gemaakt.

Dat zou ik trouwens toch niet toegegeven hebben.

Langzamerhand begin ik te vermoeden dat er bij mij een gen mist dat je nodig hebt om gecompliceerd menselijk handelen te doorgronden.

Tot voor kort heb ik niets begrepen van de manier waarop ik door ma behandeld werd, en nu begrijp ik weer niets van de houding van Tess.

Ze heeft na de avond dat ik de gekopieerde inhoud van de ordner op haar keukentafel achterliet, niets meer van zich laten horen.

Mijn intuïtie zegt mij dat het geen zin heeft om zelf contact te zoeken, maar begrijpen doe ik het niet.

Ik heb moeite voor haar gedaan.

Ik heb dingen uitgezocht die op dit moment belangrijker voor haar zijn dan wat ook, of dat in elk geval zouden moeten zijn. Dankbaarheid heb ik niet verwacht, nou ja, een klein beetje dankbaarheid misschien. Maar wat ik in haar ogen las was pure vijandschap, en dat is nogal hard aangekomen. Vooral omdat zij de enige vriendin is die ik heb.

Wat vriendschappen betreft ben ik karig bedeeld geweest in mijn leven. Dat Tess van alle kinderen op de basisschool aan mij de voorkeur gaf, heeft mij in hoge mate verwonderd, maar ik was er blij mee.

Tess was de koningin van de speelplaats.

Vrije kwartiertjes, waarin ik probeerde zo min mogelijk op te vallen, bracht zij door als middelpunt van een groep kinderen die zich allemaal stonden uit te sloven voor haar. Ze had ook wel wat te bieden. Haar moeder kwam haar van school halen in een cabrio, er was een zwembad in hun tuin en de gelukkigen die uitgenodigd werden, kregen ijsjes en cake.

Op een dag nodigde ze mij uit.

'Ik moet het thuis vragen,' zei ik zonder veel illusies, want alleen al het feit dat ik iets graag wilde was voldoende reden voor een weigering.

'Van Duin?' zei mijn vader. 'Dé van Duin?'

Ik knikte ijverig, de naam zei me niets maar ik begreep dat ik er goede sier mee maakte.'

'En die vraagt jóu?' zei mijn moeder.

Maar het mocht, en het was het begin van een vriendschap die nooit overging. Tenminste, zo leek het.

Op een onverwacht moment en om een reden die

ik niet heb voorzien is Anton tussen onze vriendschap gekomen.

Oké, ik begrijp dat Tess haar huwelijk niet op het spel wil zetten, vrouwen hebben wel vaker de neiging onaanvaardbaar gedrag door de vingers te zien, niet omdat ze zo nobel zijn maar uit puur eigenbelang. Maar wat ze niet begrijpt is dat Anton hun huwelijk allang heeft afgeschreven. Ik kan het niet bewijzen, maar alles waarop ik de hand heb kunnen leggen, wijst in die richting. Cynisch, ik geef het onmiddellijk toe. Maar ik ben dan ook Tess niet, the queen of the ball, aanbeden door haar ouders, verwend tot op het bot.

Ik zit tot de nok vol wantrouwen, en ik herken de Antons van deze wereld op een mijl afstand, voor een dubbeltje geboren en over lijken gaand om het tot een kwartje te brengen.

Ik ben er zeker van dat het wachten alleen nog is op het moment dat hem het beste uitkomt om Tess te dumpen.

Wat ze moet doen is hem confronteren. Dreigen met het NIVRA, zijn beroepsorganisatie die de macht heeft hem uit zijn beroep te zetten. Dwingen geld terug te storten. Hem desnoods voor de rechter slepen, de bewijzen voor valsheid in geschrifte heeft ze in handen. Maar daarvoor moet je uit ander hout gesneden zijn dan zij, en dat heb ik stom genoeg over het hoofd gezien.

Hoe meer ik erover nadenk, hoe duidelijker het wordt dat ik Tess verkeerd benaderd heb. Ik heb haar overvallen met feiten waar zij vage vermoedens had.

En op vage vermoedens hoef je niet te reageren, dus is het van groot belang om ze vooral maar zo vaag mogelijk te houden.

Drie dagen na ons laatste gesprek ben ik zo ver dat ik Tess begrijp. En ik zou naar haar toe gegaan zijn om het met haar uit te praten als Flor niet genoeg had gehad van de wapenstilstand.

'Je moet de groeten hebben van Gees,' zegt ze nonchalant.

Ze is de hele dag weg geweest, en omdat ze nooit vertelt wat haar plannen zijn vraag ik ook nooit hoe haar dag is geweest.

'Dank je,' zeg ik neutraal.

Ik ben bezig pasta te koken en schudt boven een andere pan een fles bolognesesaus leeg. De keuken geurt naar gebraden gehakt, tomaten en knoflook, op het aanrecht staat een kom geraspte gruyère, die ik lekkerder vind over saus dan parmezaan.

'Je bent net op tijd,' zeg ik, vastbesloten om niet op het onderwerp Gees in te gaan.

'We hebben samen geluncht,' zegt ze. 'Ze was er echt aan toe om haar hart uit te storten. Ik wil me natuurlijk niet met jouw zaken bemoeien, maar je zou wat meer aandacht aan je dochter kunnen besteden.'

Ik haal diep adem, trek mijn dikke ovenwanten aan en giet de pasta af.

'Je hebt geen idee hoeveel problemen meisjes van die leeftijd al kunnen hebben.'

Ze houdt maar niet op, maar als het op vasthoudendheid aankomt is het nog maar de vraag of ze van mij kan winnen.

Ik proef even van de saus en draai er nog wat peper overheen.

'Als je je handen nog moet wassen, ik ga het eten nu op tafel zetten.'

Ze gaat tegenover mij zitten zonder haar blik van mij af te wenden. De uitdrukking van triomf in haar ogen is de laatste tijd bijna een constante en ik kan met de beste wil van de wereld de oorzaak niet ontdekken.

Maar over het onderwerp Gees is ze kennelijk uitgepraat. Of misschien vindt ze dat ze genoeg onrust bij mij heeft gezaaid, en wat dat betreft heeft ze gelijk.

Ze heeft met haar opmerkingen een gevoelige plek geraakt. Tegen mij wil Gees niet praten, laat staan dat ze haar hart uitstort. Daar heeft ze kennelijk een buitenstaander voor nodig.

Beelden van Gees en Flor verschijnen op mijn netvlies, hoofden naar elkaar gebogen in een giechelig, fluisterend gesprek. Het soort gesprek dat ik nooit met mijn dochter heb gehad, ik zou niet weten hoe ik zoiets aan zou moeten pakken.

Ma en Flor, die konden weleens lol hebben samen, al zat er van Flors kant altijd iets berekenends bij, hoe beter ma's bui, hoe royaler ze werd. Tenminste waar het Flor betrof.

'Wat eet je weinig.'

Ik kijk naar Flor. Van de miniportie die ze heeft opgeschept is nog niet een derde verdwenen.

'Doe je soms aan de lijn? Je zult wel gek zijn. Dat

ronde hoort bij je, "rond en gezond" zei pa toch altijd? Toen Huib ervandoor ging, ben je even heel mager geweest, dat maakte je een stuk ouder. Bijvullen?' Ze houdt de fles rode wijn omhoog.

Ik schud mijn hoofd.

'Huib mocht er trouwens ook zijn, die is pas aan zijn lijf gaan denken toen hij de homoscene in ging. Wat ik mij altijd afvraag, hoe was hij in bed? Ik bedoel, hij wist natuurlijk al langer dat hij het niks vond met een vrouw.'

Ik haal mijn schouders op.

'Hoe was Maarten de laatste tijd in bed?'

Eindelijk houdt ze haar mond.

Na het ontbijt en de ochtendwandeling met Barber pak ik de autosleuteltjes.

'Ik ben tot einde middag weg, heb jij plannen of kan ik Barber bij jou laten? Anders neem ik hem mee,' zeg ik tegen Flor.

Ze zit achter mijn bureautje op mijn briefpapier iets te schrijven, ik verbijt mijn commentaar want Barber op een warme dag in de auto achterlaten lijkt me niks.

'Laat maar hier,' zegt ze zonder op te kijken.

Ik knuffel hem en loopt de deur uit.

De tuin staat vol bloemen, elke keer als ik ernaar kijk gaat mijn hart open. Als een winter lang duurt kun je je op het laatst niet meer voorstellen dat het ooit anders zal worden en die donkere natte aarde weer bedekt zal zijn met groen en kleur.

In de auto is het te warm, met alle raampjes open rijd ik weg. Er zijn veel mensen buiten, in hun tuin of op straat, met kleine kinderen, een hond, een rollator. Het is een gemengde buurt wat leeftijd betreft, bejaarden wonen tussen jonge gezinnen; je hoort ze soms klagen over geluidsoverlast maar ze willen voor geen goud verkassen. Nu zitten ze in de schaduw van een pa-

rasol op een bankje voor hun huis, zwaaiend naar buur-
kinderen door wie ze oma en opa genoemd worden.

Op de snelweg doe ik de raampjes weer dicht. Ik weet
niet of het een goed idee is om onverwacht bij Gees
langs te gaan, toen ik het bedacht leek het mij wel iets.
  Als ze weet dat ik kom, kan ze zich bijtijds wapenen,
antwoorden bedenken op de vragen die ze verwacht.
Als ik haar overval heeft ze daar geen tijd voor. Misschien maakt het verrassingseffect van mijn bezoek
het praten makkelijker, denk ik hoopvol.
  Ik parkeer weer in de garage bij de Oudegracht,
steek de binnenplaats over en duik na een paar meter
een zijstraatje in. Gees woont op een kwartier lopen.
Twee kamers met een keukenblok, en een douche met
wc die ze deelt met de studente aan de andere kant van
de gang.
  Ik weet nog niet wat ik zeggen zal als ik voor haar
sta.
  De mogelijkheid dat ze er niet zal zijn is wel in mij
opgekomen, maar die gedachte heb ik opzijgescho-
ven. In mijn plannen past dat ze er is, je moet toch ergens van uitgaan anders kun je nooit iets ondernemen.
  Voor de meeste huizen in haar straat staan fietsen,
maar het is tamelijk stil. De gedachte dat de bewoners van de studentenkamers op dit moment over hun
boeken gebogen zitten, stemt optimistisch. Ik tuur op
de kaartjes die op de deurpost onder de bellen zijn ge-
plakt. Van haar huisnummer ben ik zeker, en toch kan
ik haar naam op geen enkel kaartje ontdekken.

Ik sta aarzelend op de stoep. Op deze complicatie ben ik totaal niet voorbereid en het duurt even voordat ik bedenk dat ik haar natuurlijk kan bellen op mijn mobiel.

Terwijl mijn hand in mijn schoudertas op zoek gaat, komen er twee meisjes naar buiten. Kennelijk straal ik iets wanhopigs uit, want ze vragen of ze mij ergens mee kunnen helpen.

'Geeske van der Ven,' zeg ik. 'Volgens mij woont ze hier.'

'Gees...? Die is hier al een paar maanden weg.' Ze kijken elkaar aan. 'Ik zou niet weten waar ze nu woont.'

Ik loop de straat uit.

Op de hoek is een cafeetje met een paar tafeltjes en stoeltjes tegen de gevel aan. Ik ga zitten en bestel een cappuccino. Mijn hoofd voelt leeg. Ik weet werkelijk niet wat ik moet doen. Gees is verhuisd, een paar maanden geleden al, en ze heeft er niets over gezegd. Geen wonder dat elke afspraak altijd buiten de deur werd gemaakt, ze woont ergens anders, op een adres dat ik niet mag weten. Maar waarom? En met wie?

Wat is er zo afschrikwekkend aan mij dat ze zulke dingen voor mij verzwijgt? Toen ik haar verwachtte had ik maar één voornemen, dat het tussen ons anders zou gaan dan tussen moeder en mij. Wat mij was overkomen mocht niet herhaald worden, daar zou ik voor zorgen.

Ik ken de verhalen van problemen die generatie na generatie meegezeuld worden, onoplosbaar, net zo verbonden met de mensen die ermee worstelen als hun moedervlekken.

Ergens moet een streep getrokken kunnen worden, tot hier en niet verder, het moet mogelijk zijn om af te rekenen met een verleden, ik zou dat bewijzen, met mij en mijn dochter zou het anders gaan. Maar het is me niet gelukt.

Ik zit op een zonnige voorjaarsdag in de stad waar mijn dochter woont en ik heb geen idee waar ik haar kan vinden.

Ik pak mijn mobiel en toets haar nummer. Voicemail. Maar ik heb geen boodschap, of in elk geval niet het soort boodschap dat je inspreekt.

Ik mors koffie op het schoteltje, het koekje dat erop ligt raakt doordrenkt en ligt als een vieze kledder naast het kopje. Als ik drink valt het op mijn witte rok. Ik veeg erover en het wordt een streep.

Mijn mobiel gaat, ik breng hem naar mijn oor, noem mijn naam en hoor de stem van Gees.

'Mam? Je hebt gebeld, waarom sprak je niks in?'

Natuurlijk, nummermelding, en geen idee heeft ze dat ik in Utrecht ben.

'Mam?'

Ik slik. 'Ik wilde je verrassen, Gees. Ik was bij je aan de deur.'

Het is even stil.

'Waar ben je nu?'

'In het cafeetje op de hoek van de straat waar jij woont. Woonde.'

Een kwartier later zit ze tegenover mij.

'Waarom heb je het niet verteld?' Mijn ogen zoeken haar gezicht af, ze lijkt een vreemde, dit kind dat uit mij is voortgekomen. 'Zo erg is het toch niet om verhuisd te zijn?'

'Het is niet gewoon verhuizen, mam.'

Ze spreekt op een bijna volwassen toon tegen mij. Op dit winderige hoekje in de binnenstad van Utrecht lijken de rollen omgekeerd, ik het kind, onzeker en bang, zij de volwassene die eropuit is om gerust te stellen.

'Wat is er ongewoon aan?'

'Ik woon niet alleen, mam.'

Ik zwijg.

We leven in de eenentwintigste eeuw, een eeuw die de preutsheid achter zich heeft gelaten. Alles verandert, ook het kind dat ik gisteren nog naar school bracht. Natuurlijk heeft mijn dochter vriendjes, natuurlijk is ze met jongens naar bed gegaan, natuurlijk zou ze op een dag bij iemand intrekken, misschien voorgoed, misschien voor kort.

Nog steeds heb ik in haar verhaal geen reden aangetroffen voor al die geheimzinnigheid.

'En ik mag hem niet ontmoeten?'

'Ik wilde het nog even voor onszelf houden. Er is nog tijd genoeg voor problemen.'

'Waarom is het een probleem als jij met iemand samenwoont?'

Ik zie haar nadenken. Ik dwing haar om haar verhaal te vertellen op een moment dat zij er nog niet klaar voor is. Het is iets wat niet vergeten zal worden.

Een nieuwe reden voor verwijdering, ooit.

'Ik wilde het pas vertellen als hij officieel gescheiden is.'

Ik laat het tot mij doordringen.

'Het ligt niet eenvoudig. Hij heeft kleine kinderen. Zijn vrouw wil niet scheiden, ze zit hem in alles dwars, ze hebben samen een zaak, dat maakt het nog moeilijker. Maar we houden van elkaar.'

'Hoe oud is hij?'

Ze aarzelt even. 'Niet jong.'

'Hoe oud, Gees.'

'Jezus mam, wat doet leeftijd ertoe. Je bent zo oud als je je voelt.'

'Oud dus,' zeg ik.

'Veertig.'

'Veertig,' herhaal ik. De gouden leeftijd. Mannen zijn viriel, aantrekkelijk, interessant, nog even voordat ze kopje ondergaan in midlife-crisissen en relatieproblemen.

Zoals in sommige Afrikaanse landen door mannen geloofd wordt dat ze van aids genezen door met een maagd te paren, zijn er in de westerse wereld mannen die geloven dat ze hun eeuwige jeugd behouden met een jonge vrouw naast zich.

Mijn dochter maakt ineens deel uit van zo'n laatste oprisping van jeugdige overmoed.

Ik zie de situatie voor me. De vrouw die aan de kant geschoven wordt terwijl ze zich jarenlang in het zweet heeft gewerkt in die zaak, en en passant ook nog wat kinderen grootbracht. Nu zou het oogsten kunnen beginnen, het plukken van de vruchten van zoveel jaren arbeid.

'Waarom zeg je niets, mam?'

Maar mam heeft geen tekst. Even niet.

'Het overvalt me een beetje, Gees,' zeg ik wat later, en Gees zegt dat ze het begrijpt.

Er is werkelijk veel begrip tussen ons, op dit winderige hoekje, maar als ik vraag naar haar adres, weigert ze zonder dat ze erover na hoeft te denken.

'Nee mam, ik wil niet dat je ineens voor ons staat. Je moet dit aan mij overlaten. Je kunt me toch altijd bellen? Er is echt niet zoveel veranderd.'

Pas op weg naar huis schiet mij te binnen dat ik niet gevraagd heb of ze nog studeert.

'Wist je het?' vraag ik aan Flor.

Ik kom haar tegen in de gang, ze werpt een blik op mijn gezicht en probeert langs me heen naar de voordeur te komen, maar ik blokkeer haar.

'Wist ik wat,' vraagt ze.

Ik pak met mijn rechterhand haar schouder en duw haar tegen de muur. Het maakt een dof geluid als haar achterhoofd het rauhfaserbehang raakt.

'Ja,' zegt ze.

Ze schudt mijn hand van zich af.

'Wat verwacht je van mij, dat ik ga klikken? Mijn nichtje heeft meer vertrouwen in mij dan in haar moeder, kan ik daar wat aan doen.'

Ik draai mij om en loop de kamer in.

Barber komt mij tegemoet. Altijd blij, altijd hopend

op een vriendelijk woord, een aai, iets lekkers. Ik hurk naast hem, en ga dan in één moeite door op de grond zitten.

Dat vind hij leuk, hij klimt half op schoot, zijn grote donkere ogen op mij gericht. Werkelijk, als ik kon zou ik in tranen uitbarsten.

Maar ik huil niet. Die middag niet en later ook niet. Wel bel ik Huib. 'Ik moet met je praten,' zeg ik. 'Er is iets met Gees. Of wist je dat misschien al. Iedereen schijnt het te weten, behalve ik natuurlijk.'

Maar Huib weet van niets, zegt hij.

'Er is toch niets met haar aan de hand?' vraagt hij ongerust. 'We zien elkaar zo nu en dan, ze is altijd heel positief over haar studie. Het leven in Utrecht schijnt haar goed te bevallen.'

'Dat zal best,' zeg ik. 'Ze heeft een getrouwde man opgevist die met een werkelijk hartverwarmende scheiding bezig is. Als het meezit kan ze straks moederen over een paar kinderen die niet van haar zijn. Laten we ons vooral geen zorgen maken, onze dochter zit gebeiteld.'

Huib belooft geschokt dat hij meteen na zijn werk naar me toe komt. 'Ik zal Luc maar thuis laten,' zegt hij alsof hij het over een poedel heeft.

'Doe dat,' zeg ik. 'Dan zal ik Flor de deur uit werken.'

'Zit die nog steeds bij jou?'

'Niet weg te branden.'

Flor wil maar al te graag de grote afwezige zijn deze avond.

Ik leen haar geld en mijn auto en ze vertrekt fluitend.

Een uur later zit Huib op de bank.

Hij ziet er goed uit, lichtgebruind en nog een maatje slanker geworden.

Als hij me een zoen geeft ruik ik de geur van een dure aftershave.

'God Marg, je ziet er vreselijk uit. Wat een klap moet dat geweest zijn. Wanneer heeft Gees het verteld?'

Ik doe hem verslag van wat mij deze dag overkomen is, en terwijl ik het vertel heb ik nog steeds het gevoel dat ik in een bizarre droom terecht ben gekomen.

'En je hebt geen adres van haar gekregen?'

Hij is werkelijk ontdaan.

'En haar studie?'

Ik zeg dat ik betwijfel of die haar interesse nog heeft, maar dat ik er niet aan gedacht heb het te vragen.

'Ze heeft nu andere dingen aan haar hoofd,' zeg ik. 'Maar wat ze ook verder doet, ze moet die studie afmaken. Als ze dat niet doet en het gaat uit met die man, en natuurlijk gaat dat gebeuren, dan heeft ze niets. Geen opleiding, geen vak, helemaal niets! Jij moet met haar praten, Huib, ik heb geen enkele invloed op haar, van mij trekt ze zich niets aan. Dat is altijd zo geweest. Jij hebt altijd meer invloed op haar gehad dan ik.'

'Ach god, Marg!' Hij komt naast me zitten en slaat

zijn armen om me heen. Het is lang geleden sinds iemand mij zo heeft vastgehouden, het voelt warm en vertrouwd, ik zou uren zo willen zitten totdat alle onrust en verdriet uit me zijn weggevloeid, maar het zou een zwaktebod zijn, en zwakte is het laatste wat ik mij kan veroorloven.

Ik maak mij los uit zijn omhelzing.

'Fijn dat je met haar gaat praten, Huib,' zeg ik.

Ik lig de hele nacht wakker.

Elk uur dat ik lig te woelen wordt genadeloos vast-gelegd door het sonore slaan van de torenklok, een geluid dat mij overdag meestal ontgaat.

Gisteravond leek het nog goed om de verantwoor-delijkheid voor Gees aan Huib over te dragen, in het donker van de slapeloze nacht begrijp ik niet hoe ik op het onzinnige idee ben gekomen.

Door hem te vragen of hij met Gees wil praten, heb ik mijzelf buitenspel gezet. Mijn rol is nu een afwach-tende, en dat past niet bij me.

Ik zou het liefst morgenochtend meteen in mijn auto stappen om naar Gees te rijden.

Hoe kan ik wachten terwijl er zulke belangrijke dingen op het spel staan?

Ik denk aan de middag, lang geleden, dat ik aan een blonde vrouw met een klein kind op haar zwangere schoot vertelde dat ze haar man nooit meer zou kun-nen vertrouwen.

Hoe is deze vrouw erachtergekomen? De vrouw van de man in wiens armen mijn dochter nu ligt te slapen. En wat kan het mij eigenlijk schelen. Waar het om gaat is dat ik zeker weet dat mijn dochter alles uit haar handen laat vallen nu ze verliefd is.

Ik wil tegen haar zeggen dat verliefd zijn niet hoeft te betekenen dat je de regie over je leven verliest. Dat het geen excuus is om je zelfstandigheid op te geven. Dat verliefdheid te maken heeft met je hart en je hormonen, maar niet met je hoofd.

Doe wat je wilt, Gees, kruip bij hem in bed, verlies je in z'n armen maar houd niet op met denken. Het is misschien niet de raad die van een moeder verwacht wordt, maar het is wel hoe ik erover denk.

Of nee, beter dan een feministisch verhaal tegen haar te houden kan ik haar vertellen dat ik van haar houd en dat ze altijd op mij kan rekenen.

En als ik dat allemaal bedacht heb, de klok is inmiddels uren verder, schuif ik het opzij omdat het niet meer dan woorden zijn, woorden die ik net zo goed voor mij kan houden, want geen verliefde op de wereld zal zich daar iets aan gelegen laten liggen.

Ik voel mij gebroken als ik uit bed kom.

Het is later dan gewoonlijk; het gordijn met de rode papavers en het groen van gras tegen een zwarte achtergrond hangt roerloos voor het open raam, de zon schijnt erdoorheen en laat de kleuren opleven, een bedrieglijk effect, want juist de zon is er de oorzaak van dat het rood, zwart en groen steeds meer verbleken.

Het is te warm in de kamer, ik snak naar het koele water van de douche, in de tuin hoor ik Flor tegen Barber praten.

Dat is iets wat ze tenminste uit zichzelf doet, voor Barber zorgen op momenten dat het nodig is. Nu gaat ze met hem naar het parkje, waar hij andere honden zal ontmoeten. Zijn dag bestaat uit hoogtepunten met daartussendoor de diepe slaap van een jong dier dat zichzelf uitput zodra er iets lolligs te beleven valt.

In de badkamer kijk ik met afkeer naar mijn lichaam. Het vurige litteken op mijn borst is in korte tijd aardig bijgetrokken, maar dat doet niets af aan het feit dat ik naar een mismaakte kijk.

Ik stap in het bad en glijd uit als ik onder de douche ga staan. Flor heeft een stuk zeep laten slingeren. Ik kan mijzelf nog net vasthouden aan de stang van de douche, mijn handen glijden erlangs, ik kom pijnlijk op mijn knieën terecht.

Van een dag die zo begint hoef je niets meer te verwachten.

En dat valt dan weer mee, want een uur later belt Tess.

Ik heb net een boterham op mijn bord en een kop thee in mijn hand als de telefoon gaat.

'Het spijt me,' zegt Tess.

'Mij ook,' zeg ik.

'Waarom kom je niet langs. Het is zulk mooi weer, we kunnen zwemmen en in de zon liggen, het is goddelijk hier.'

'Ik zwem niet meer,' zeg ik, 'maar ik kom zodra ik de troep een beetje heb opgeruimd.'

Ze draagt een doorzichtig hesje over haar bikini. Zachtgroene motieven op een crèmekleurige ondergrond. Zonder de letters YSL had ik ook zo wel gezien dat ze een dure zonnebril op heeft.

Naast het zwembad, onder een kingsize parasol, staan een houten tafel en een paar stoelen die in alle mogelijke standen gezet kunnen worden. Op de dikke kussens liggen badlakens uitgespreid. Naast de tafel een koelbox en een thermoskan.

In dit huishouden wordt niets aan het toeval overgelaten, behalve misschien waar het je erfenis betreft.

'Ik zit hier al uren,' zegt Tess opgewekt. 'We hadden de airco te hoog gezet, ik werd wakker omdat ik het zo koud had. Maar het water is heerlijk, Anton vond het overdreven dat ik er verwarming in wilde maar je kunt zo'n bad zoveel vaker gebruiken alleen door een beetje extra geld te investeren.'

Ik ben op mijn hoede.

Tess kan honderd keer 'sorry' zeggen, maar zolang ik niet weet welk terrein er met haar excuses bestreken wordt, blijf ik voorzichtig.

'Koffie?' vraagt ze. 'Don't worry, het is décaf.'

Ze houdt de glanzende thermoskan omhoog, de weerkaatsing van de zon is oogverblindend.

Ze ziet er ontspannen uit. Je geld kwijtraken is natuurlijk hinderlijk, maar zolang je je luxeleven kunt voortzetten is er eigenlijk niet zo gek veel aan de hand.

Ik neem een slok koffie en zet mijn beker op de tafel, leun achterover en doe mijn ogen dicht.

Waarom heb ik niet gevraagd wannéér Huib van plan is met Gees te gaan praten?

Voor hem zijn de meeste dingen lang niet zo urgent als voor mij, een nachtje slapen verricht altijd wonderen bij hem, problemen lijken een ochtend later helemaal zo ingewikkeld niet meer.

Ik zou hem kunnen bellen, kunnen voorstellen om toch zelf maar met Gees te praten, moeder en dochter, wie weet is hij opgelucht als hij van de klus af is.

'Waar lig je aan te denken?' vraagt Tess. 'Van fronsen krijg je verschrikkelijke rimpels, laten we het water in gaan, het is echt heerlijk.'

'Ik zwem niet meer,' zeg ik koppig.

Ze gaat rechtopzitten.

'Er is niemand die ons ziet, als dat je angst is. Jezus Marg, we zijn vriendinnen, weet je wel? Ik heb een zwempak voor je klaargelegd.'

Ze wijst naar het houten huisje achter het zwembad, half aan het oog onttrokken door een paar rododendrons, met de kleedkamer en de douchecabine, je moet vooral niet verwachten dat Tess zoiets primitiefs zal doen als nat door haar huis wandelen op weg naar de badkamer.

Ik aarzel, de zon glinstert op het water, dat dankzij de betegeling blauw lijkt als de Middellandse Zee op een zomerdag.

Tess staat op, laat het hesje van zich af glijden en loopt naar de rand van het zwembad. Een sierlijke duik, water spat op, druppels schitteren als diamanten in de zon voordat ze terugvallen op het water, de bruine armen van Tess, glanzend van zonnebrand-olie.

Met haar natte haren langs haar gezicht lijkt ze jaren jonger, een schoolmeisje dat plat met haar handen op het water slaat en uitgelaten roept dat het heerlijk is.

Ik loop naar het houten huisje.

Als ik me belachelijk voel in dat zwempak kan ik het altijd nog verdommen om het water in te gaan.

Maar het zit goed, het ziet er erg nieuw uit, het zou me niet verbazen als Tess het speciaal voor mij gekocht heeft, de voorgevormde cup schuift een beetje raar over de lege plek, maar belachelijk ben ik er niet in zie ik in de manshoge spiegel.

Ik loop naar het zwembad, de zon brandt op mijn blote schouders, er borrelt iets in mij op, een bijna vergeten gevoel dat hoort bij schoolreisjes en logeerpartijtjes en plezier hebben.

'Duiken!' roept Tess.

Ze is aan het watertrappen, haar wijsvingers net boven water. 'Diploma A!' roept ze, voordat ze proestend onder water verdwijnt.

Ik zak een beetje door mijn knieën, mijn armen langs mijn oren, even zweef ik tussen hemel en aarde, tussen Toscaanse tegels en blauw water. Een vogel die in een vis verandert.

Voor mijn gevoel suis ik meters onder de waterspiegel door voordat ik weer bovenkom en mijn hoofd schud, de druppels van me af, zoals een natte hond doet.

Dit is werkelijk heerlijk, ik maak mijn hand hol en schep water in de richting van Tess, die mij meteen de volle lading teruggeeft. Met z'n tweeën maken we het lawaai van een uitgelaten schoolklas.

Veel later, als we uitgeteld in onze stoelen liggen, vertel ik haar over Gees. Ze luistert zoals ik van haar gewend ben, aandachtig en zonder me in de reden te vallen.

Erover praten is een manier om het voor mezelf weer geordend te krijgen, merk ik.

Dochter is verliefd op getrouwde man, die kennelijk ergens een ruimte heeft gehuurd waarin hij nu met haar woont. Dochter is waarschijnlijk opgehouden met haar studie.

'Ik ben ook weleens smoor geweest op een getrouwde man, je wilt na zo'n oudere man eigenlijk nooit meer iemand van je eigen leeftijd', zegt ze. 'Gees boft. Wij moesten het achter in de auto doen.'

'En als ze nou echt niets meer aan haar studie doet?'

'Nou en!' zegt Tess luchtig. 'Zal ze een jaar verliezen, als ze maar niet zo stom is om zwanger te worden.'

Zo'n opmerking kun je beter niet maken tegen een moeder die zich toch al zorgen maakt over haar dochter.

En al helemaal niet tegen een moeder die zelf het resultaat is van een ongewenste zwangerschap.

Het plezier dat ik even eerder nog had, spat uit elkaar als een brekende spiegel.

Ik sta op en loop met grote stappen naar het huisje.

'Wat is er met jou?'

Ik negeer de verbaasde stem achter mij.

Ik ruk het badpak van m'n lijf, droog me oppervlakkig af en trek mijn kleren aan over mijn nog vochtige lichaam.

'Ik moet weg,' zeg ik tegen Tess, die is opgestaan en met grote ogen naar me kijkt als ik het huisje uit kom stormen.

'Heb ik iets verkeerds gezegd? Wat is er nou ineens.'

Maar ik ben al op weg naar mijn auto.

In het begin negeer ik alle snelheidsbeperkingen, maar halverwege stuur ik mijn auto naar de rechterbaan en voeg me naar het tempo van de vrachtwagen voor me.

Ik kan nu wel als een gek naar Utrecht racen, maar wat doe ik als ik daar ben aangekomen? Misschien is Gees niet bereikbaar, of doet ze alsof als ze mijn nummer herkent. En stel dat ze wel met me wil praten, wat zeg ik dan tegen haar? Dat een vriendin aan de rand van haar zwembad tegen me zei dat het stom zou zijn als ze zwanger zou worden? Geen man overboord zolang haar baarmoeder maar leeg blijft, was de strekking van haar opmerking.

Ik zou werkelijk niet weten hoe ik die boodschap moet verpakken.

Ik rijd naar een tankstation en staar voor me uit terwijl de Euro 95 in mijn tank klotst. Binnen loop ik langs de schappen met chocola en koek, ik heb honger maar de broodjes trekken me niet aan. Uiteindelijk neem ik een krentenbol, die ik later in de auto na één hap met walging op de stoel naast mij gooi. Week en klef, er zijn steeds minder mensen die behoorlijk brood kunnen bakken.

Weer de parkeergarage waar ik langzamerhand kind aan huis ben. Als ik geparkeerd heb bel ik het nummer van Gees. Ze neemt bijna meteen op, terwijl ze toch gezien moet hebben dat ik het ben. Dat geeft hoop.

'Gees,' zeg ik, 'kunnen we elkaar ergens ontmoeten? Het liefst wil ik een beetje lopen, ik ben te ongedurig om lang te zitten.'

Ze zegt dat ze naar mij toe komt. Ik vraag niet waar vandaan, maar omdat ze binnen tien minuten bij me zal zijn, kan het niet ver uit de buurt zijn.

Met de man op wie je verliefd bent in het centrum van een leuke oude binnenstad wonen, waar tot 's nachts mensen op terrasjes zitten en de cafés altijd vol zijn, het klinkt niet als een leven dat iemand makkelijk op zal geven, hoe gecompliceerd de omstandigheden ook zijn.

Ze komt aanfietsen, haar gezicht blozend van de warmte en de inspanning, haar blonde haren verward, maar het zijn vooral haar ogen die opvallen, groot en stralend, en terwijl ik naar haar kijk weet ik het, en zij ziet aan mij dat ik het weet.

We staan tegenover elkaar, wachtend op wat de ander zal doen. Misschien hadden we elkaar in de armen moeten vallen, maar we doen het niet en dan is het moment voorbij.

We lopen langs grachtjes en door nauwe straten, en als we weer bij een gracht komen gaat ze me bij een brug voor, de treden van een uitgesleten stenen trap af.

Halverwege staat ze stil.

'Hier zit ik graag als ik moet nadenken,' zegt ze.

Ik ga naast haar zitten en we kijken naar het donkere water dat we kunnen ruiken, een geur waarvan ik niet kan zeggen of ik die aangenaam vind of niet.

Schuin boven ons lopen mensen voorbij, fietsbellen rinkelen, de geur van uitlaatgassen zakt traag over ons heen als een bestelauto een aantal pakketten uitlaadt, maar de wind drijft de damp weg zodra de auto verderrijdt.

'Ik krijg een kind,' zegt Gees.

'Ja,' zeg ik.

Het treft me dat ze de woorden 'zwanger' en 'in verwachting' vermijdt. 'Ik krijg een kind' klinkt persoonlijker. Iedere vrouw kan in principe zwanger of in verwachting zijn, maar naast mij zit een vrouw die zonder aarzelen het unieke van haar situatie claimt.

'Is dat alles, mam, "Ja..."?'

'Gees,' zeg ik. 'Je bent negentien. Jouw leven is net begonnen. Je weet niet waar je aan begint. Je slaat hele fasen over.'

'Dus je bent niet blij voor mij.'

Ik verschuif een beetje, zodat ik haar gezicht kan zien.

'Moet ik blij zijn omdat jij op het punt staat jouw leven te verknoeien?'

'Ik ben wel blij,' zegt ze.

'Waarom?' zeg ik. 'Denk je dat het die man aan jou zal binden? Die het allemaal al achter de rug heeft? Zwangerschappen, bevallingen, nachtvoedingen, luiers? Die bij jou iets heel anders zoekt? Juist iets anders dan waar hij meer dan genoeg van heeft?'

Voor het eerst verschijnt er iets van onzekerheid op haar gezicht, als een landschap waar de schaduw van een wolk over drijft.

'Waar heb je het over?' vraagt ze. 'Waarom zeg je niet wat je bedoelt. Je vindt dat ik deze baby niet geboren moet laten worden, is dat wat je zeggen wilt?'

'Ik vind dat je je leven niet moet laten bepalen door een ongelukje.'

Ze legt een hand met gespreide vingers op haar buik, zoals alle zwangere vrouwen doen in een onbewust gebaar hun ongeboren kind te beschermen.

'Ik heb naar je geluisterd mam,' zegt ze. 'Maar ik kan niet geloven dat ik werkelijk hoor wat je zegt, ik wil het niet geloven.'

Ze staat op.

'Ik heb altijd gedaan wat jij wilde, zelfs mijn studie heb ik niet zelf gekozen, maar vanaf nu gebeurt er wat ik zelf wil, en daarom is het beter als we elkaar voorlopig niet meer zien. Het spijt me.'

Ik blijf zitten terwijl ze de trap op loopt.

Er vaart een motorbootje voorbij, volgepropt met lawaaierige jongens met bierblikjes in hun hand. Ze roepen over mijn hoofd heen naar Gees.

Ik zit nog steeds op de trap als ze allang verdwenen is.

De zon is achter de bomen langs de gracht tevoorschijn gekomen, op de plek waar ik zit wordt het onaangenaam warm. Toch blijf ik zitten, mijn handen in mijn schoot, en als ik eindelijk opsta ben ik zo verstijfd dat ik de zijkant van de trap nodig heb als steun om naar boven te klimmen.

'Wat in godsnaam heb je tegen Gees gezegd!'

Ik spoel snel een stuk beschuit met kaas weg met een slok earl grey terwijl ik mijn telefoon een eindje van mijn oor af houd.

Als Huib woedend is gaat hij staccato en steeds luider praten.

'Je weet best wat ik gezegd heb.'

'Maar ik kan het niet geloven. Ik hoop nog steeds dat Gees jou verkeerd begrepen heeft. Een abortus! Godallemachtig, welke moeder raadt haar dochter zoiets aan?'

'Dus jij vindt het wel een goed idee, dat een kind van negentien een kind krijgt.'

'Twintig is ze als het geboren wordt. Er zijn ik weet niet hoeveel vrouwen die op die leeftijd een kind krijgen.'

'Ja,' zeg ik, 'dat zijn de vrouwen die later in de bijstand terechtkomen of in rotbaantjes. Geen vak geleerd, nooit tijd gehad om zichzelf te ontwikkelen.'

'Je gaat het toch verdomme niet weer over jezelf hebben!'

'Straks is het uit met die man. Dacht je dat die er

trek in heeft om op herhalingsoefening te gaan? Hij maakt het uit of zijzelf. En dan?'

'Ze heeft ons. Wij laten haar niet vallen. Ik tenminste niet.'

'Ik ook niet, maar voorlopig wil ze mij niet zien heeft ze gezegd.'

'En gelijk heeft ze.'

Al die tijd heeft Flor in de deuropening gestaan, de glimlach van een kat om haar lippen.

'Dus je weet het nu ook,' zegt ze.

Ik loop langs haar heen de keuken in, ze volgt mij en gaat aan de tafel zitten terwijl ik koffie voor mezelf inschenk.

Met mijn rug naar haar toe drink ik.

'Jouw eerste kleinkind,' zegt ze.

Ik draai me om.

'Je kunt een kinderkamertje maken van de logeerkamer. Opklapbedje. Opklapbare box. Je kunt tegenwoordig alles opklappen wat je voor kinderen nodig hebt, wist je dat? Omdat zoveel mensen klein behuisd zijn. En je kunt op de baby passen als Gees weer gaat studeren. Ze hoeft echt dat kind niet weg te laten halen om weer iets van haar leven te maken. Dat heb ik tegen haar gezegd. Laat je niet gek maken door je moeder, heb ik gezegd, die heeft traumatische ervaringen, van haar kun je op dit gebied geen normale reactie verwachten.'

Ik hap naar adem. Mijn bloed gonst in mijn hoofd.

'Jij hebt aan Gees verteld...'

179

'Nog niet. Ik ga het wel doen. Om precies te zijn vanavond. Haar vriend is er een paar dagen niet, ik eet bij haar. Met een beetje hulp zet ze heel aardige maaltijden op tafel. En ik vind dat ze jouw verhaal moet kennen, het tragische verhaal van jouw jeugd, zodat ze jou beter kan begrijpen. Want ik begrijp best hoe het komt dat je bent zoals je bent, maar voor Gees ben je een raadsel.'

Ik maak een geluid dat ik zelf niet ken. Barbertje, die me zoals altijd op de voet is gevolgd en bijna tegen mijn benen ligt, springt overeind en blaft van schrik.

Flors ogen hebben zich vernauwd. Ik weet dat ze zich realiseert dat ze grenzen aan het overschrijden is.

Ze staat op en loopt snel naar de deur. 'Reken dus niet op me met eten, Marg.'

Een paar minuten later hoor ik de voordeur dichtgaan.

Ik zit aan de keukentafel terwijl mijn hart langzaam weer z'n normale ritme krijgt. Mijn zomerjurk, waarover ik een shawl draag die de aanzet van mijn borsten verbergt – wanneer leer ik toch eens af om in het meervoud te praten – kleeft aan mijn rug.

De woede die over mij kwam, heeft mij beangstigd.

Er is nog maar zo weinig voor nodig om mij buiten mezelf te krijgen.

Afgezien daarvan voel ik dat ik steeds verder verwijderd raak van de mensen om mij heen, een bootje waarvan de landvasten zijn losgeraakt en dat nu wegdrijft god mag weten waar naartoe.

Ik weet niet precies wanneer het begonnen is, maar

het heeft te maken met mijn ziekte, de amputatie, het gevoel dat ik verraden ben door mijn lichaam, op een dwaalspoor gezet door mijzelf omdat ik geloofde dat mijn eerste genezing een garantie voor de toekomst inhield en er nu van overtuigd ben dat mijn tweede operatie een vrijbrief is voor de dood.

Daaromheen is er te veel gebeurd om nog bij te kunnen houden.

Er is geen balans meer in mijn leven, en terwijl ik niets liever wil dan vasthouden wat mij dierbaar is, keren de paar mensen om wie ik werkelijk geef zich steeds verder van mij af.

Ik loop naar het logeerkamertje.

Flor heeft elk beschikbaar plekje volgestouwd met haar bezittingen. Haar lingerie ligt op mijn laptop en met een enkele beweging van mijn arm veeg ik het stapeltje op de grond.

De keer dat ik hier binnenliep, om een raam dicht te doen dat hinderlijk klapperde in de wind, heb ik foto's van pa en ma op een hoekje van het tafeltje zien staan.

Ik pak ze in mijn handen en ga ermee op de rand van het bed zitten.

Pa heeft als je goed naar de foto kijkt niet eens een onaardig gezicht. Iets wat een uitdrukking van humor zou kunnen zijn schuilt in zijn mondhoeken.

Ik probeer het me te herinneren.

Hij maakte weleens een grapje, toen Flor en ik nog jong waren, het steeg niet uit boven niveau leeg ei omdraaien in het dopje zodat wij er nietsvermoedend een klap opgaven. Je hoeft niet bijzonder geestig te zijn om succes te hebben bij kinderen.

Het is wonderlijk hoe weinig ik mij van hem herinner, alsof alles wat er gebeurde in de jaren die voorafgingen aan die laatste nacht, door een onzichtbare hand weggeveegd zijn.

Met ma hetzelfde verhaal.

Ik kijk naar haar foto en zoek haar gezicht af.

Een moeder. Zwanger geraakt tijdens een avondje uit op de kermis. Hebben haar vriendinnen gezien dat ze in de bosjes verdween met die jongen? Zijn vrienden? Zijn er grappen over gemaakt, later? Toespelingen?

Ze moest trouwen, speciale toestemming van de koningin want zo ging dat in die tijd. Hoe bedenk je zo'n wet, alsof die toestemming inhield dat je dan automatisch de kinderkamer in het paleis in gebruik mocht nemen, en de koninklijke kinderwagen, met een kroontje op de kap. Natuurlijk stelde dat huwelijk niets voor.

Twee schoolkinderen. Wie zorgde er voor de baby? Voor mij? Degene die toevallig in de buurt was? Mijn grootmoeder die ik nooit heb gekend?

Ook al werd er getrouwd, de schande was er niet minder om. Je had het gedaan toen het nog niet mocht, en dat werd niet vergeten.

Later kwam pa in haar leven, hij was vijf jaar ouder dan zij. Met dat overwicht heeft hij haar waarschijnlijk zover gekregen dat ze een scheiding aanvroeg. Koninklijke toestemming niet nodig. Er werd weer getrouwd, ik zou de trouwfoto weleens willen zien maar ik denk dat het een simpele zaak is geweest, even langs het gemeentehuis en daarna over tot de orde van de dag.

Geen reden om een fotograaf uit te nodigen.

Ik kan me niet herinneren dat er ooit een trouwdag gevierd is.

Aan mijn verjaardag werd ook het minimum gedaan: waarom een pijnlijke herinnering, de grootste vergissing van haar leven, met feestrumoer omringen?

Ik begreep dat niet, als kind, maar het verschil tussen mijn verjaardag en die van Flor ontging mij niet.

Zou ik het begrepen hebben als ik het verhaal erachter had geweten? Het zou het misschien makkelijker gemaakt hebben.

Ik kijk naar de foto's in mijn handen.

Zal Gees ooit zo met de foto's van Huib en mij zitten, op de rand van een bed, denkend aan wat voorbij is en hoe anders het had kunnen zijn?

Met de man van wie ze nu een kind verwacht is het dan allang uit. Zal de geschiedenis zich herhaald hebben? Een nieuwe man met wie ze een nieuw leven had kunnen beginnen als dat eerste kind er niet was geweest.

Ik stel mij mijn moeder voor met het gezicht van Gees. Zoals ze naar me keek als ze dacht dat ik het niet merkte.

Nooit haar lippen op mijn wang gevoeld, nooit haar handen door mijn haren.

En ik heb zo mijn best gedaan, alles wat ik kon bedenken om haar liefde te winnen en niets werkte, niets heeft ooit geholpen.

Ik was het kind dat naar kermis stonk, dat herinnerde aan een onbeholpen paring in een bosje waar de resten van suikerspin en zakken friet waren neergegooid. Het kind dat er niet had moeten zijn. Zo'n kind gaat nu door mijn eigen dochter op de wereld gezet worden, de geschiedenis herhaalt zich en ik weet niet hoe ik dat moet voorkomen.

En terwijl ik hier met foto's van mensen zit die nooit van mij gehouden hebben, is Flor bezig het drama van mijn leven breed uit te spinnen bij Gees. Een verhaal dat ik haar zelf had moeten vertellen, toen het nog indruk op haar gemaakt zou hebben. Nu is het te laat. Niets op de wereld kan mijn dochter ervan overtuigen dat het beter is voor haar kind als het niet geboren zal worden. Ze legde haar handen met gespreide vingers op haar buik. Het gebaar is op mijn netvlies ingebrand.

Wat er ook van zal komen, er is niets meer wat ik kan doen om mijn dochter te behoeden voor de grootste vergissing in haar leven.

Als ik Flor die avond thuis hoor komen van haar afspraak met Gees doe ik snel het licht in mijn slaapkamer uit. Maar misschien heeft ze het toen ze de tuin binnenliep nog zien branden, want ze houdt haar pas in als ze langs mijn deur loopt en vraagt of ik al slaap. Als ik zwijg hoor ik haar zachte lachje.

'Gees was erg onder de indruk van het verhaal,

Marg. Werkelijk, je bent punten in haar waardering gestegen. Ooit, als ze weer contact met jou wil, zal ze er nog wel op terugkomen.

Slaap lekker!'

Ik slaap nu geen nacht langer dan een paar uur, en naarmate de tijd verstrijkt voelt het alsof mijn temperatuur oploopt.

Van een gezamenlijk ontbijt is geen sprake meer. Als ik beneden kom is de keukentafel leeg en zit Flor binnen met mijn krant.

Ik laat Barber uit, geef hem eten, zet thee en werk een paar beschuiten naar binnen.

De dag ligt als een oeverloze zee van tijd voor me.

Het duurt nog maanden voordat ik weer gedeeltelijk aan het werk kan gaan. Na het boeket bij mijn thuiskomst uit het ziekenhuis heb ik niets meer van kantoor gehoord. Ook van mijn collega's heeft zich niemand gemeld, terwijl ik toch met sommigen een redelijk contact dacht te hebben.

Ik voel me niet thuis in mijn eigen huis.

Voordat Flor bij mij introk zat ik een aantal uren per dag in het kamertje waarin nu haar spullen verspreid liggen. Werkend aan mijn kinderverhaaltjes. Ik zou mijn laptop naar beneden kunnen halen, maar er is geen plek waar ik ongestoord kan werken. Op een onopvallende manier is Flor overal aanwezig ook al wisselen we steeds minder woorden.

Ik weet dat ze zal proberen erachter te komen wat ik schrijf.

Dat ze in mijn laptop kan kijken heb ik voorkomen door een toegangscode in te stellen, maar wat ik ook doe, ze is altijd in de buurt, zodat ik mij nooit onbespied voel.

Ik bel Huib vanaf de rand van mijn bed.

'Hoe is het met Gees?' vraag ik.

Hij is op zijn hoede.

'Het gaat goed. Haar ochtendmisselijkheid wordt minder. Ik vind dat ze er goed uitziet.'

'Heb je die man al ontmoet?'

'Max? Ja, één keer heel even. Toevallig eigenlijk. Ik geloof wel dat hij dol is op Gees. En dat ze zwanger is vindt hij geweldig. Alleen die scheiding schiet niet erg op. Ja god, Marg, ik had het mij voor Gees ook wel iets anders voorgesteld, maar zo liggen de zaken nu eenmaal.'

'En het kind?'

'Het kind?' herhaalt Huib.

'Ja. Hoe gaat het met het kind.'

'De controles zijn goed.'

Ik hoor aan Huibs stem dat hij mijn belangstelling niet kan plaatsen. Ik ben immers de ontaarde moeder die haar dochter een abortus aan probeerde te praten.

'Ik wil dat het weer goed komt met Gees, Huib,' zeg ik. 'Kun jij niet met haar praten? Ik zal me nergens meer mee bemoeien.'

Mijn stem slaat over, ik haat mezelf erom.

'Het komt heus wel weer goed tussen jullie,' zegt

Huib. 'Maar echt, Marg, het heeft geen zin dat ik met Gees praat. Ze is er heel duidelijk over. Voorlopig is het beter als jullie elkaar niet zien.'

Ik bel Anton op de zaak.

Op de achtergrond hoor ik praten, het geluid van een telefoon, voetstappen. Een druk baasje, die Anton.

'Ik wil je spreken,' zeg ik.

'Werkelijk?' Zijn stem klinkt beschaafd geamuseerd.

'Ik denk dat het je wel interesseert wat ik te zeggen heb,' zeg ik.

'Nu maak je mij toch echt nieuwsgierig, Marg. En wanneer moet dat gesprek plaats vinden?'

'Op korte termijn.'

'Lieve schat, het is hier op het moment heel erg druk, maar misschien heb ik een gaatje voor je, wacht even... vrijdagochtend. Elf uur hier op de zaak, lukt dat?'

'Als ik jou was zou ik het niet op de zaak doen, er zou eens iemand mee kunnen luisteren.'

'Ah, het moet een geheime bespreking worden!'

Hij probeert luchtig te doen maar ik hoor dat er iets veranderd is in zijn stem.

'Wat mij betreft hoeft het niet geheim te blijven,' zeg ik, 'ik zeg het meer in jouw belang.'

'Ben je thuis?' Zijn stem is ineens kortaf en zakelijk.

'Ja.'

'Dan kom ik over een uurtje langs.'

Hij legt neer voordat ik nog iets kan zeggen.

Gelukkig is Flor een uur geleden vertrokken met de mededeling dat ik niet op haar hoef te rekenen met het eten. Een van haar geheime missies waar ik achteraf alleen maar iets over te horen krijg als ze denkt mij ermee te kunnen raken.

Het is alweer een wolkenloze dag.

Zo'n gruwelijk schuifpui als er in dit huis zit is wel handig met dit weer, moet ik toegeven. Het maakt je kamer groter en de tuin toegankelijker, al heb ik er nog steeds een hekel aan om urenlang in de zon te zitten.

We zouden buiten kunnen zitten, Anton en ik, maar ik wil niet de indruk wekken dat het een gemoedelijk onderonsje gaat worden.

Ik leg de envelop met kopieën op de eettafel. De reserveset ligt boven in de linnenkast, ik ben niet helemaal op mijn achterhoofd gevallen, al zal het mij benieuwen of ik een accountant zo ver kan krijgen dat hij gejat geld terugstort.

Antons gezicht staat strak als ik de deur voor hem opendoe.

Hij ziet er aantrekkelijk uit in zijn Italiaanse maatpak, het goede leven heeft hém in elk geval geen extra kilo's opgeleverd.

Van zijn handgemaakte schoenen tot zijn net niet

te modieuze haar komt hij als de geslaagde zakenman over, een imago waaraan hij volgens Tess veel tijd en aandacht besteedt.

Hij komt hier voor het eerst en er glijdt iets van geringschatting over zijn gezicht als hij meeloopt naar de eetkamer. Als hij de grote envelop ziet met de naam van zijn kantoor erop, fronst hij zijn wenkbrauwen, maar hij zegt niets, gaat zitten op de stoel die ik hem aanbied en kijkt mij van over de tafel afwachtend aan.

Ik schuif de envelop naar hem toe en hij maakt hem open en trekt de bundel fotokopieën eruit. Hij kijkt vluchtig naar de bovenste kopie en dan naar mij.

'En?'

Ik haal mijn schouders op.

'Het lijkt me duidelijk genoeg.'

Hij legt het stapeltje kopieën op tafel en legt er met een klap zijn hand op.

'In de eerste plaats, wie heeft die kopieën gemaakt en waarom zijn ze hier?'

'Daar gaat het nu niet om. Belangrijk is dat ze er zijn.'

'Heeft Tess hieraan meegewerkt?'

Ik hoor het ongeloof in zijn stem.

'Wat denk je zelf? Dat ik bij jou ingebroken heb?'

'Godverdomme,' zegt hij zacht. En met ingehouden woede: 'Wat is de bedoeling van die kopieën? Het zijn normale bankafschriften, ik zie het probleem niet. Als je eens gewoon zegt wat je van mij wilt, dan kan ik tenminste terug naar mijn werk.'

190

'Bekijk de laatste afschriften maar,' zeg ik. 'Onder-
tekend door een vrouw die in coma lag. Wonderlijk,
vind je zelf ook niet, om dan evengoed een enorm bedrag aan jou over te maken.'

De kleur trekt weg uit zijn gezicht. De kopieën
raakt hij niet aan, hij weet ook zo wel wat er staat.

'En?' vraagt hij.

'Terugstorten op de rekening van Tess. Plus wat je
allemaal achterover hebt gedrukt van de erfenis van
haar vader.'

'Je hebt heel wat te bewijzen.'

'En jij hebt heel wat lastige vragen te beantwoor-
den als het een rechtszaak wordt. Maar zover hoeft
het niet te komen. Ik kan ook gewoon naar het NIVRA
gaan met deze afschriften. En naar een krant.'

Hij staat op.

'Dit is chantage.'

'En wat jij hebt gedaan is diefstal.'

Hij loopt naar de deur, net zo rechtop als hij binnen is gekomen. Anton krijg je niet zo gauw klein, en
terwijl ik naar zijn verdwijnende rug kijk vraag ik me
af wat zijn volgende move zal zijn.

De vage geur van een dure aftershave hangt nog in
de kamer als zijn Lexus allang uit de straat verdwenen
is.

Ik loop een eind met Barber, in een verrukkelijk sloom
tempo, met af en toe een kleine time-out op een bankje. Vreemd genoeg denk ik nauwelijks aan de confron-
tatie met Anton die ik een paar uur geleden aan ging.

We hebben hem klem, Tess en ik, en hij weet het. Liever dan dat zijn goede naam eraangaat zal hij met geld over de brug komen. Of dat het hele bedrag zal zijn is natuurlijk de vraag, maar hoe dan ook zal ze zich verder geen geldzorgen hoeven te maken.

Flor is een ander verhaal.

Terwijl ik naar Barber kijk, die als een dolle heen en weer rent met een Friese stabij, dringt het tot me door hoeveel beter ik mij voel op dagen dat zij niet om mij heen is. Het wordt tijd om een streep onder het verleden te zetten, en dat lukt alleen maar als wij elkaar niet langer kunnen beschadigen.

Voortbordurend op de vredige stemming waarin ik verkeer, fantaseer ik dat wij een laatste glas wijn drinken, haar enorme weekendtas in de gang, de taxi al gebeld.

No hard feelings, een kus in de lucht bij het afscheid en daarna de rust die ik zo lang heb moeten missen.

Het is laat als Flor thuiskomt.

Ik zit naar een talkshow te kijken omdat ik het verdom voor de zoveelste keer naar bed te gaan om haar te ontlopen, als ik een taxi hoor en haar snelle lichte voetstappen op het pad naar de voordeur.

'Oh my God!' Ze laat zich naast mij op de bank vallen, onverschillig voor de mogelijkheid dat ik misschien naar iets zit te kijken wat ik graag wil zien.

'Wat is dat dodelijk vermoeiend! Een babyuitzet kopen, schat, je weet niet hoe je boft dat die beker aan jou voorbij is gegaan. Je zou het ook niet eens gekund hebben met jouw conditie. De keuzes die je moet maken... Al die combiwandelwagens, en allemaal even duur. Gelukkig had ze een zak geld van Max meegekregen. Dat is het voordeel van een oudere man, die hebben meer geld te besteden dan jongetjes van haar eigen leeftijd.'

Ze rekt zich uit, zie ik vanuit mijn ooghoeken. Haar aankijken wil ik niet, bang dat ze in mijn ogen kan lezen hoe ze mij met elk woord raakt.

De babyuitzet! Ik heb het tot nu toe met succes uit mijn gedachten gebannen. Als ik langs een etalage liep met mollige babypoppen in aandoenlijke kleertjes dwong ik mijzelf door te lopen.

Ik heb niet gehoopt, zelfs niet in mijn meest gedurfde fantasieën, dat Gees mij zou vragen met haar mee te gaan. Maar dat ze het Flor wel zou vragen is niet in mij opgekomen, en ik staar naar het beeldscherm terwijl Flor opstaat en voorstelt een glas wijn te drinken om deze bijzondere dag te vieren, want voor mij als aanstaande oma is het toch ook een heuglijk feit dat mijn kleinkind in zo'n beeldige maxicosi rondgereden zal worden.

Ik raap de scherven van het vredige gevoel waarmee ik de avond ben ingegaan, bij elkaar, sta op om de televisie uit te doen en zeg dat een glas wijn mij een goed idee lijkt. 'En wat aardig van je, Flor, om met Gees mee te gaan, zoiets is in je eentje zoveel minder leuk.'

Ze bekijkt mij wantrouwend. Op deze reactie heeft ze duidelijk niet gerekend. Ik ga bij haar aan de eettafel zitten, en hef mijn glas naar haar, beschermd door de ijskoude klont midden in mijn lijf.

'Je wilt toch zo graag weten waarom moeder bang voor mij was?' zeg ik kalm.

Haar ogen verwijden zich. Ik zie dat ze worstelt tussen nieuwsgierigheid en angst voor wat ik ga zeggen.

En zeggen ga ik het, niemand die mij ervan kan weerhouden om eindelijk aan mijn zuster te vertellen wat er gebeurde die nacht dat ma mij uit bed belde omdat vader het weer zo te kwaad had.

Het was de vierde keer in dezelfde week en ik kon het scenario dromen. Vader rochelend en hijgend in bed, kermend om een dokter, om lucht, om hulp. Het telefoongesprek met de doktersdienst. De belofte dat er iemand langs zou komen. De zuurstof, de injectie, de diepe slaap waarin vader wegzonk. Het betekende weer een nacht waarop een dag zou volgen die ik stuk van vermoeidheid door moest zien te komen.

Ik zei dat ik eraankwam, en tien minuten later stond ik in hun slaapkamer met ma handenwringend naast mij. Kijkend naar de man die in zijn benauwdheid het laken van zich af had getrapt, zijn lange, gelige teennagels hakend in de verfrommelde plooien, zijn handen aan zijn pezige, gerimpelde hals, besloot ik dat het genoeg was geweest.

Ik pakte ma bij haar arm en dirigeerde haar de gang op, de trap af en de keuken in.

'Je moet de dokter bellen!'

Ze had nog steeds de toon van iemand die de regie

heeft, maar haar stem klonk onzeker.

'Er wordt niemand gebeld,' zei ik. 'En u blijft op die stoel zitten totdat ik zeg dat u op mag staan.'

En ze bleef zitten toen ik theezette en twee bekers volschonk terwijl zij met paniek in haar ogen naar mij keek en door het plafond heen het geroep om hulp zachter werd en ten slotte wegstierf.

'Dat,' zeg ik tegen Flor, 'is hoe vader aan zijn end is gekomen, en het enige waarvan ik spijt heb is dat ik niet eerder op die gedachte ben gekomen.'

Ze zit sprakeloos tegenover me. Aan het bewegende oppervlak van de wijn in haar glas zie ik dat haar handen beven.

En ik wacht, ik heb alle tijd van de wereld, op de vragen die ze ongetwijfeld zal stellen, de antwoorden liggen al jaren klaar.

'Heeft ma het niet verteld aan de huisarts?'

'Dat was ze van plan. Totdat ik zei dat ik haar zou laten opnemen als ze dat zou doen. Dat ik haar hoe dan ook zou laten opnemen, als ze zich niet heel goed zou gedragen. Na wat ik met pa had gedaan zag ze me overal toe in staat. Werkelijk, ik had geen kind meer aan haar.'

'Hoe kon je,' zegt Flor. 'Pa was degene die jou de hand boven het hoofd hield. Terwijl je niet eens zijn kind was.'

'Maar dát had niemand nog aan mij verteld, remember? Bovendien, ik vond dat ik langzamerhand wel genoeg had gedaan. En nu we het er toch over hebben, waar was jij als zijn luiers verschoond moesten worden? Als er pilletjes en tabletjes in zijn mond geduwd moesten worden? Ik zou mij, als ik jou was, maar verdomde stilhouden.'

Ze staat op en houdt zich aan de leuning van haar stoel vast.

'En nog steeds ben jij het grootste slachtoffer, is het niet, Marg? Uitgebuit en gebruikt door haar ouders. Maar zo ligt het niet helemaal. Mijn hele leven heb ik nooit zo'n weerzinwekkende uitslover gezien als jij. Als jij maar dacht dat er iets gedaan moest worden, deed je het al. Ik vond het best en ma ook. Wij waren niet zo dol op de klussen waar jij je op stortte. Maar al had ik iets willen doen in huis, dan nog was jij me voor geweest. Marg die altijd klaarstaat. Marg voor alle kutklussen!

Niemand heeft jou gedwongen. Niemand heeft jou ooit bevelen gegeven. Want dat hoefde niet, je deed het allemaal uit jezelf, met die hondenblik in je ogen van "hou alsjeblieft een beetje van me!" Kotsmisselijk werden we van je!'

Ze is allang naar boven, zelfs al klaar in de badkamer als ik nog aan tafel zit.

De fles is bijna leeg terwijl ik mij niet kan herinneren iets gedronken te hebben.

De misselijkheid komt in een onverwachte vlaag, ik haal de wc niet en kots op de tegels in de gang.

Als ik op mijn knieën bij mijn braaksel lig, hoor ik iets op de trap.

Halverwege, haar hand op de leuning, staat Flor met een glimlach om haar mond naar mij te kijken.

De mammografie is pijnlijker dan toen ik nog gezonde borsten had. Littekenweefsel is gevoelig, en hoe voorzichtig het ook gebeurt, het doet verdomd zeer als mijn overgebleven borst, de borst waarin ooit gesneden is, op de glazen plaat wordt gelegd en de bovenste plaat langzaam maar meedogenloos druk begint uit te oefenen. Ik probeer me niet te bewegen en zo min mogelijk te ademen omdat alles wat ik doe het alleen nog maar erger maakt.

In het piepkleine kleedhokje zit ik even bij te komen voordat ik mij weer aankleed, mijn achterhoofd tegen de wand, mijn ogen dicht. Om mij heen de activiteiten van een ziekenhuis in vol bedrijf, prettig om naar te luisteren als het jezelf niet aan gaat. Natuurlijk weet ik waarom ik braaf naar de controle ben gegaan.

Nog even en mijn gelijk zal bewezen worden, over een week, als Bosman mij de uitslag van de mammografie zal meedelen.

'Het spijt me, mevrouw, maar ik kan u geen beter nieuws geven.'

De triomf!

Heb ik niet meteen al gezegd dat het een hopeloze zaak is? Had ik gelijk of niet om al die zogenaamd noodzakelijke behandelingen te weigeren!

Ik loop langzaam naar mijn auto, de lucht zindert boven het asfalt, de struiken aan het parkeerterrein staan er lusteloos bij en in de bloembakken staan knalrode geraniums te verdorren.

De hitte slaat mij tegemoet als ik het portier opendoe, het stuur brandt in mijn handen en na een paar seconden druppelt het zweet langs mijn voorhoofd.

Ik voel me ellendig, en dat geeft een zekere voldoening. Je moet toch ergens aan merken dat je leven ten einde loopt en dat je jezelf dus niets hebt wijsgemaakt.

Tess is buiten zichzelf.

Nooit eerder heb ik haar zo kwaad gezien, haar gezicht is vertrokken, haar ogen zijn gezwollen van tranen en woede.

'Hoe durf je! Hoe heb je het in je hoofd gehaald! Je hebt alles stukgemaakt. Alles!'

We staan in de deuropening, een paar spelende kinderen staan stil en kijken nieuwsgierig naar ons.

Ik trek Tess de gang in en doe de deur achter haar dicht.

Ze slaat mijn hand van haar arm. Even denk ik dat ze door zal gaan met slaan.

'Wees nou even kalm, Tess. Waar heb je het over?'

'Waar denk je dat ik het over heb. Anton is razend. Op jou maar vooral op mij. Ik heb jou in zijn kantoor gelaten, ik heb de sleutels uit de slaapkamer gehaald en je geholpen met het kopiëren. Je hebt beloofd dat je niets zou doen zonder er eerst met mij over te praten. En verdomme, je belt Anton op en je vertelt hem het hele verhaal!'

'Ik wil dat hij het geld terugstort op jouw rekening, dat is alles.'

'Hij wil scheiden!'

Ze huilt met gierende uithalen.

'Tess, we hebben de bewijzen dat hij de handtekening van jouw moeder heeft vervalst. Je kunt hem breken met die kopieën. Er gebeurt niets wat jij niet wilt, hij eet uit je hand, geloof me.'

Ze is op een keukenstoel neergezonken, haar hoofd in haar handen, ze huilt nog steeds, het is een geluid dat niet bij haar past.

Ik zit tegenover haar, mijn handen plat op tafel. Het zou fijn zijn als ik haar zou kunnen kalmeren, als ze zou begrijpen dat ik haar vriendin ben, maar ze lijkt op dit moment niet voor rede vatbaar.

Ze komt overeind, er loopt snot uit haar neus, ze veegt het weg met de rug van haar hand.

'Hij heeft een koffer gepakt en is vertrokken, en ik kon niets doen om hem tegen te houden. Ik heb hem verraden, dat is wat hij zei. Zijn vertrouwen in mij is weg.'

Ik kan mijn oren niet geloven. Wie heeft er nou verdomme wie verraden! Maar natuurlijk, Anton deinst nergens voor terug, wedden dat hij Tess zover krijgt dat ze hem op haar knieën om vergeving smeekt en belooft om nooit meer een woord te spreken over de manier waarop hij haar bestolen heeft.

'En jou kan ik nooit meer vertrouwen,' zegt Tess, met die plotselinge kalmte die vaak op emotionele uitbarstingen volgt, en die meer met uitputting dan met innerlijke rust te maken heeft.

'Jij bent erover begonnen, Tess. Dat boerderijtje in

Toscane, weet je nog? Je hebt aan mij gevraagd wat je moest doen en ik heb geprobeerd jou te helpen.'

'Dan word je bedankt,' zegt ze bitter.

'Je hebt de bewijzen!'

Ze maakt een ongeduldig gebaar.

'Hou toch op met dat geklets. Natuurlijk ga ik mijn eigen man niet aan de paal nagelen. Maar zoiets begrijp jij natuurlijk niet. Wat weet jij van liefde. Ik zal God danken als Anton bij me terugkomt. En als hij dat doet dan weet ik één ding zeker: dat hij niet wil dat wij ooit nog met elkaar omgaan. En toevallig geef ik hem daar helemaal gelijk in.'

'Tess!'

Ik strek mijn hand naar haar uit al weet ik niet waarom. Misschien om de hare te pakken, of haar arm, in een poging haar tegen te houden. Niet weer iemand die mijn leven uit wandelt alsof al het voorafgaande niets te betekenen heeft.

Maar ze ontwijkt me en loopt langs me heen mijn keuken en mijn huis uit.

Het is bijna komisch hoe de zorgen van mijn schouders genomen worden. Er is langzamerhand niemand meer om wie ik mij hoef te bekommeren. Huib heeft gekozen voor zijn vriend, Gees voor haar kind en Tess voor haar man.

Wat je in ieder geval van mij kunt zeggen is dat ik kennelijk de gave heb de mensen om mij heen tot duidelijke keuzes te brengen.

Uitgerekend dokter Bosman, de man die ik wantrouw om de professie die hij uitoefent, is de enige die mijn belang op het oog heeft.

Hij was buitengewoon tevreden, gisteren. Hij had niet durven hopen dat de uitslag zo goed zou zijn.

'Maar u moet toch echt een beetje aan uzelf blijven denken,' zei hij. 'Ik heb de indruk dat u uw gezondheid niet serieus neemt, en eerlijk gezegd maak ik mij zorgen om die houding.'

Ik zei dat ik zijn betrokkenheid waardeerde en beloofde mij stipt aan de controles te houden en alles te doen wat in mijn vermogen ligt om mijn gezondheid op peil te houden.

Wat ik hem niet zei was dat de uitslag me meer verbaasde dan verheugde. Als ik zelf voel dat ik niet lang meer te leven heb, hoe kan een onderzoek dan het tegendeel uitwijzen? En hoe kan Bosman verwachten dat ik geloof in een tak van wetenschap waarin, als ik de kranten mag geloven, doorlopend vergissingen worden gemaakt?

We drukten elkaar de hand en ik ben langzaam het ziekenhuis uit gelopen, door de enorme hal met de glazen koepel die zonlicht doorlaat, waar winkeltjes en snackbars met kleine terrasjes zijn en patiënten in kamerjassen en infusen op karretjes met hun bezoek praten. Het lijkt verdomd wel een marktplein, je zou vergeten dat heel wat mensen die de hal doorkruisen op weg naar een ziekenhuisbed niet meer levend de uitgang bereiken.

Deze keer regende het, doorzichtige damp hing vlak boven het asfalt. Voor de geraniums kwam het water te laat, zag ik.

Ik draaide de raampjes halfopen en sloot aan bij een file waarin ik tergend langzaam de ticketautomaat en de hefboom bereikte.

Als ik thuiskom en naar boven loop om me een beetje op te frissen staat de deur van de logeerkamer open. Half op de gang staat de weekendtas van Flor. Terwijl ik er verbaasd naar kijk komt ze tevoorschijn, ze duwt met een hooggehakt laarsje de tas voor zich uit naar de trap, en ik ga opzij om er plaats voor te maken.

'Ik stap maar eens op, dan heb jij weer rust, daar

ben je volgens mij hard aan toe,' zegt ze.

'Waar ga je heen?'

'Naar Geeske. Ik kan bij ze logeren tot ik iets gevonden heb. We hebben een hele tijd gepraat. Zij vindt ook dat je nodig naar een psychiater moet. Het is niet normaal zoals jij mensen van je af stoot. Weet je wat ze zei? "Was jij mijn moeder maar." '

Ik haal uit.

Mijn vuist treft haar midden in haar gezicht. Bloed spuit uit haar neus, Flor schreeuwt en maait wild met haar armen om haar evenwicht te bewaren.

De rauwe kreet gaat door terwijl ze ruggelings de trap af valt, bonkend over traptreden, schurend langs houten spijlen, met een smak eindigend op de gangtegels.

Stilte.

Ik ben neergezakt op de bovenste tree omdat mijn benen mij niet meer kunnen dragen.

In mijn hoofd is het vreemd leeg.

De gebroken pop die in een onmogelijke houding onder aan de trap ligt, heeft niets met mijn zuster te maken, niets met mijzelf.

Het verdraaide hoofd, het bebloede gezicht omringd door blond haar dat aan haarspelden is ontsnapt, ik ken het niet.

Ik moet ineens plassen, als ik op de wc zit krijg ik diarree en ik kan nog net voorkomen dat ik overgeef.

Daarna ben ik zo moe dat ik op bed ga liggen, mijn schoenen nog aan... Een doodzonde in een vorig leven want je weet toch hoeveel gevaarlijke bacillen je aan je schoenzolen meedraagt.

Als ik wakker word voel ik me helder. Ik haal Flors bed af en neem de lakens mee naar beneden. Het verbaast me dat ik geen enkele emotie voel bij het zien van het gebroken lichaam onder aan de trap.

Het maakt het in elk geval makkelijker om haar onder haar oksels op te tillen en de kamer in te slepen.

Haar hoofd hangt losjes achterover terwijl ik dat doe. Door korstjes geronnen bloed om haar neusgaten en haar mond die halfopen staat, siepelt nog steeds bloed.

Een vlieg wandelt van haar ooglid over haar oogbol en ik jaag hem weg omdat ik jeuk krijg van de aanblik.

Ze is zwaarder dan ik had verwacht, de hakken van haar laarzen maken een piepend geluid over de tegels en een paar keer trap ik op haar blonde haren waardoor ik zacht vloekend bijna struikel.

Ze laat een smalle streep bloed achter op de tegels, en ik sluit Barber op in de keuken omdat hij vrolijk om ons heen kwispelt in de veronderstelling dat we iets leuks aan het doen zijn, en daarna nieuwsgierig aan het bloedspoor likt.

In de voorkamer rol ik Flor in de lakens, waar ter hoogte van haar gezicht meteen een snel groeiende rode vlek ontstaat.

Ik ga weer naar boven en pak de sprei en in een opwelling ook haar hoofdkussen.

Als ik haar in de sprei gerold heb leg ik het hoofdkussen onder haar hoofd.

Een eigentijdse mummie is het nu, die ik zo strak mogelijk tegen de muur schuif. Daarna doe ik de zonwe-
ring omlaag, de lamellen zo gesloten dat niemand bij
het naar binnen gluren een blik op het vreemde pak-
ket tegen de muur kan werpen.

Ik loop naar de keuken en vul een emmertje met
warm water.

Op mijn knieën maak ik de vloer schoon. Daarna
ben ik zo uitgeteld dat ik mij in de achtertuin op de
stoel laat neervallen waarin Flor altijd zat te zonnen.

Als ik mijn ogen dicht doe, gaat de bel.

Een zwarte Mercedes staat voor het hek, een man
met enorme biceps die onder de mouwen van zijn t-
shirt uitkomen, staat voor de deur, zijn handen in de
zakken van zijn verschoten jeans.

'Taxi,' zegt hij.

'Gaat niet door,' zeg ik.

Hij doet een stap naar voren. 'Dat gaat zo maar
niet. Er heeft iemand gebeld vanaf dit adres.'

'Een tientje?'

Hij knikt en stapt weer achteruit. Ik haal het geld en
kijk hoe hij wegrijdt.

De zon is gezakt, een paar jongetjes spelen op straat,
de geur van op houtskool gebraden vlees drijft over de
tuintjes, een kijvende stem roept kinderen binnen.

Verbeeld ik het mij of zijn er in de voorkamer meer
vliegen dan een uur geleden?

Flor ligt er nog steeds als ik de volgende ochtend beneden kom, en dat wekt even mijn verbazing want de gebeurtenissen van de dag ervoor zouden net zo goed een bizarre droom kunnen zijn.

Een vreemde geur heeft de kamer gevuld, niet sterk maar duidelijk aanwezig, de geur die je niet hoeft te kennen om te weten dat hij met dood en verderf te maken heeft.

Over de in een sprei gerolde mummie kruipen vliegen, het zijn er duidelijk meer dan de dag ervoor.

Het is warm binnen, maar ik ben bang dat de oergeur die bezig is bezit van mijn huis te nemen nog meer dieren naar binnen zal lokken als ik ramen openzet.

Ik loop naar boven en zoek op Google naar wat ik verwachten kan dat er met Flor gaat gebeuren.

Het is niet prettig om te lezen, en de gedachte dat ik het mee zal maken als ik niet snel een oplossing vind, maakt me vaag misselijk.

Flors lichaam zal door gassen opzwellen, ze zal een dik stinkend lijk worden, vloeistof door ontbindende organen zal uit haar mond geperst worden, bacteriën zullen de lakens weg vreten.

Het is niet wat ik haar toewens. Net zomin als ik haar dood gewenst heb. Het enige wat ik nog voor haar kan doen is zorgen dat ze op een fatsoenlijke manier begraven wordt.

Het betekent dat ik nog maar weinig tijd heb.

Barber is onrustig.

Er is iets in dit huis wat hem bevreemdt en verontrust. Hij loopt heen en weer, ik weet niet of hij Flor zoekt of ruikt.

We brengen sinds Flor in de voorkamer ligt onze dagen in de keuken door.

Elke dag kijk ik even naar de bundel waarin mijn zuster zich verstopt. Gisteravond heb ik de eerste aasvliegen gezien, groenblauw en weerzinwekkend. De geur is sterker, ik ruik hem nu ook boven, en het zal niet lang meer duren of hij is ook buitenshuis merkbaar.

Eerst zullen de mensen denken aan een dooie rat. Of aan een kat die zich verstopt heeft in het struikgewas om te sterven. Ze zullen niets vinden en toch zal de geur sterker worden. Dus zullen ze verdergaan met zoeken.

Er is geen ontkomen aan.

Wat mij nog te doen staat, moet nu echt gebeuren.

Ik kan het niet langer uitstellen.

We lopen door het bos, een lange wandeling waarbij we veel honden zijn tegengekomen. Ik heb Barber alle tijd van de wereld gegeven om te spelen.

Tussendoor rent hij naar mij, want ik heb zijn lievelingssnoepjes bij me en die deel ik gul aan hem uit.

Hij heeft ontbeten met biefstuk, daarna heb ik hem gewassen en, nadat zijn vacht in de zon was gedroogd, geborsteld.

'Mooie hond,' heeft een man in het voorbijlopen gezegd.

En hij is een mooie hond. Mooi en lief. Het liefste wat ik ooit heb meegemaakt in mijn leven, op Gees na, maar die heeft zich van mij afgewend terwijl ik voor Barber nog steeds de enige ben.

In het bos heb ik theegedronken in een cafeetje dat nog het meest lijkt op een hutje. Er is een simpel terras bij, de thee is heerlijk en Barber rust uit aan mijn voeten.

Daarna wandelen we terug, en opnieuw zijn er honden genoeg om mee te spelen. Ik kan zien dat hij moe is als we thuiskomen, en dat is goed.

Als avondeten heb ik opnieuw biefstuk voor hem.

In het laatste stukje duw ik de slaaptabletjes. Hij merkt het niet, schrokt het vlees naar binnen.

Ik zit bij hem totdat hij diep in slaap is, dan loop ik naar boven om het bad open te zetten. Lauw water, niet te warm, niet te koud.

Ik ga weer naar beneden, de stank is ondraaglijk.

Ik neem Barber in mijn armen en draag hem naar de badkamer. Met de hond in mijn armen, zijn kop rustend op mijn schouder, ik voel zijn regelmatige ademhaling in mijn hals, stap ik het bad in.

De linnen stof van mijn broek zuigt het water op, ik voel het hoger langs mijn benen kruipen.

Ik laat mij langzaam zakken, het water bereikt Barber en kabbelt over zijn lijf. Boven het water uit nog steeds zijn kop, de oortjes keurig rechtop, het is jammer dat zijn ogen dicht zijn, ik hou zo van zijn ogen, die intense blik, dat zachte bruin ervan tussen de blonde haren.

God, wat hou ik van deze hond. Zoveel dat ik zeker wil weten dat hij goed terechtkomt en niet ergens waar niet van hem gehouden wordt zoals ik van hem hou.

Ik druk mijn gezicht tegen zijn kop, mijn tranen lossen op in het badwater, ik streel zijn oortjes, druk mijn neus tegen zijn snuit. Zo lief, mijn hond, zo lief.

Dan laat ik mij langzaam verder zakken, tot het water mijn mond bereikt en ook de oortjes van Barber onder water verdwenen zijn.

Luchtbelletjes.

Niets.

Ik heb hem met mijn badhanddoek gedroogd, ge-
föhnd en geborsteld. Daarna heb ik hem in een bad-
laken gewikkeld, met zijn kop er nog uit, zijn oortjes
zichtbaar.

Gelukkig is er niemand die mij ziet als ik hem in
mijn armen naar de auto draag en op de achterbank
leg.

De afspraak met het crematorium heb ik gisteren
gemaakt.

Er ligt een bos omheen, waarin Barber graag ge-
speeld zou hebben.

Ik rijd gedachteloos de route.

Straks zal ik Barber moeten overhandigen aan iemand die ik niet ken, en er zullen dingen met hem
gebeuren waar ik niet bij kan zijn.

De as, die pas over twee dagen afgehaald kan worden, zal op mijn verzoek opgestuurd worden naar
Gees. Het zal een schok voor haar zijn maar ik weet
geen andere oplossing.

Als ik het terrein van de begraafplaats op rijd, zie op
het parkeerterreintje een man en een vrouw huilend
in hun auto stappen.

Ik haal Barber voorzichtig van de achterbank en
neem hem weer in mijn armen.

Langzaam loop ik met hem door de middagzon
naar de ingang van het crematorium.

De zon is half verdwenen achter de daken als ik de
voordeur achter mij dichttrek. Ik laat de auto staan,
de sleuteltjes heb ik in een envelop met een brief naar

Gees gestuurd. Ze moet verder maar uitzoeken wat er moet gebeuren.

Ik heb geen haast.

God mag weten wanneer ik weer in de gelegenheid ben om te lopen waar ik wil, ik geniet van deze laatste wandeling.

De agent achter de balie lacht naar me als ik binnenkom.

'Kan ik u helpen?'

Ik glimlach terug.

Ik weet dat zijn gezichtsuitdrukking zal veranderen als ik vertel wat ik kom doen. Vanaf nu zal niemand mij ooit nog aankijken zonder bijgedachten.

'Ik heb iemand vermoord,' zeg ik. 'Bij wie moet ik mij melden?'

Dankwoord

Dank je, Gea Rutgers, voor de ervaringen die je met mij deelde, en voor het zorgvuldig doorlezen van het manuscript.

Ook Hanne Bunt ben ik dank verschuldigd voor de openheid waarmee ze met mij over haar ziekte sprak.

Trudy Lagerwaard zal ik mij altijd herinneren als warm, spontaan en optimistisch. Ze praatte lang en openhartig met mij. Dat ze het niet gehaald heeft doet me nog altijd verdriet.

Wanneer Emma van der Merwe haar zuster Floor bezoekt omdat die jarig is, treft zij een leeg huis aan. Floor, die alleen woont sinds haar man jaren geleden in gezelschap van zijn vriendinnetje bij een vliegtuigongeluk om het leven is gekomen, is gezien de stapel kranten op de deurmat al geruime tijd weg.

De verdwijning van Floor is het begin van een kentering in het leven van Emma. Tijdens haar zoektocht naar Floor dringt het steeds sterker tot haar door dat ze de mensen om zich heen nooit echt gekend heeft. Ook haar eigen zusje niet.

Als zand door mijn vingers heeft een heel eigen beklemming, de wanhoop rondom een vermissing heeft Beishuizen goed aangevoeld. Ook de personages [...] zijn overtuigend en levensecht beschreven. De climax van het verhaal is behoorlijk spannend. – *De Telegraaf*

*In korte, hamerende zinnen, knisperende dialogen en stoere taal schrijft Beishuizen een vlot lopend en spannend verhaal. – *Vrij Nederland*

Wat doen we met Fred?

In De Maegd, de stamkroeg waar een groep vriendinnen elkaar iedere week ontmoet, lijken alle problemen overzichtelijk
en soms zelfs amusant. Dat is niet in de laatste plaats te danken
aan de witte wijn die er met royale hand geschonken wordt. Toch
heeft hun vriendschap meer scherpe kantjes dan ze elkaar willen
toegeven.

Maar het had allemaal nog jaren heel gezellig kunnen blijven,
als Fred niet op het toneel was verschenen. En als vriendschap in
haat verandert, vallen er doden.

Een geestig, spannend en volstrekt eigentijds verhaal.

*Beishuizen vertelt het met humor, dat is haar kracht. – *Trouw*
*Een pageturner omwille van de vlotte en geestige stijl. – *Libelle*

Dood door schuld

Anne en haar man en kinderen leiden een onopvallend leven in een rustige en welvarende buurt.

Maar dat verandert wanneer Anne een schoolgenootje van haar dochter aanrijdt. Terwijl Anne verteerd wordt door schuldgevoel, moet ze machteloos toezien hoe haar gezin te lijden heeft onder de situatie.

Een hartverscheurende roman over een gewoon gezin, dat door één seconde van onoplettendheid langzaam maar zeker ten onder gaat.

Schaduwtuin

Een excentrieke illustratrice van natuurboeken ligt dood onder
aan de trap van haar afgelegen landhuis. De kleindochter van een
bekende strafpleiter wordt ontvoerd en gruwelijk mishandeld.
Een ambitieuze televisiepresentatrice gaat over lijken om de kijk-
cijfers van haar dagelijkse roddelprogramma op te drijven. Een
gewetenloos gangsterliefje probeert haar grote slag te slaan.

Schaduwtuin is een wervelend verhaal over mensen die door
een noodlottige samenloop van omstandigheden in elkaars vaar-
water komen. Met alle rampzalige gevolgen van dien.

*[...] ijzersterke thriller. – bol.com
*[...] met lef geschreven en zal een breed publiek aantrekken. –
Veronica Magazine

Oud zeer

Een baksteen door de ruit is het begin van een reeks bedreigende gebeurtenissen die het leven van psycholoog Anne Verheul steeds meer ontregelen.

Terwijl haar collega's Derk en Marleen proberen de praktijk voor psychotherapie zo goed mogelijk te runnen, raakt Anne langzaam maar zeker de grip op haar leven kwijt. Niemand om haar heen gelooft wat voor haarzelf steeds duidelijker wordt: er is iemand op haar ondergang uit.

*Beishuizens vierde thriller weet de totale ontreddering in een sluitend en spannend verhaal hoog op te voeren. Haar beste boek. – Friesch Dagblad
*Soepel geschreven [...]. De spanning kruipt ongemakkelijk op. – Vrij Nederland